偽りの錬金術妃は後宮の闇を解く

三沢ケイ

一二三文庫

目次

◆プロローグ

秋は実りの季節だ。

収穫しておいた穀物を唐箕《とうみ》に入れて空気を送ると、排気口からは勢いよくもみ殻だけが吹き出した。あっという間に、唐箕のそばにもみ殻の山ができあがってゆく。

「こんなもんでいいかな」

作業を終えた葉玲燕《ヨウレイエン》は、今仕分けたばかりの穀物を麻袋に詰め、それを持ち上げる。

まだ十歳の玲燕は体が小さい。袋を持つと、両手がいっぱいになった。

玲燕は転ばないように注意しながら、よろよろと屋敷の裏へと向かう。

「容《よう》。終わったわよ」

「まあ、お嬢様。もう終わったのですか？　ありがとうございます」

芋を仕分けていた使用人の女性――容は、人のよい笑みを浮かべる。

「それにしても、お嬢様が作ったあの機械はすごいですねえ」

「唐箕よ」

「そうそう、唐箕」

容はあははっと笑うと、玲燕が手渡した麻の布袋を開ける。

「突然木を組み立てて何を作るかと思えばあんなもん作っちゃうんだから、たいしたもんですねえ。さすがは旦那様のご息女です」

容は穀物をひと摘み、手のひらに載せてじっくりと眺める。綺麗にもみ殻が取れて、実だけが残っている。

「……それにしても、本当に綺麗に仕分けられるのねえ」

「すごいでしょう？　だって私、お父様の一番弟子だもの。将来は錬金術師になるわ」

「錬金術師？」

「ええ。お父様と同じ、天嶮学士《てんけんがくし》になるの」

玲燕は胸を張って得意げに答える。

ふと空を見上げると、特徴的な雲が浮いているのが見えた。

「あ。うろこ雲だわ」

「本当ですね」

容も釣られるように、空を見上げる。

玲燕は以前、父からうろこ雲は秋の雲なのだと教えてもらったことを思い出す。

雲の間からは、夕焼けで赤く染まった空が見えた。

◇　◇　◇

ドタドタという音に目を覚ました。

「雨？」

最初は屋根を叩く強い雨の音かと思った。しかし、すぐにこの音は雨ではないと気付く。

天井からではなく、屋内から聞こえるのだ。それに、聞き慣れない大人の声も。

いつもと違う様子に、玲燕は飛び起きた。

寝ているうちに解《ほど》けかけた衣の紐を結び直すと、部屋を飛び出て両親のいる部屋へと向かう。その最中、遠目に赤が目に入った。

「火事？」

闇夜に浮かぶのはいくつもの赤い炎。玲燕は目を凝らす。

「違う。松明《たいまつ》？」

その松明を持つ見知らぬ男達の顔が、炎の明かりにぼんやりと照らされていた。

「誰？　とと様！」

驚いた玲燕は叫ぶ。

すぐに両親の寝室へと駆け出したが、その部屋を目前にして足を止めた。

（あれは捕吏《ほり》？　なんで捕吏がお屋敷の中に？）

黒い服を着た複数の人影。

両親の部屋の前で長槍を構えているのは、罪人を捕らえる役務を負う捕吏に見えた。

さらに、開かれた扉の奥には体を縛られて膝をつく父――葉秀燕《ヨウシュウエン》の姿も。

「何を――」

――しているの！

そう叫ぼうとした玲燕の言葉を、「お嬢様！」という声がかき消した。

自分を呼ぶ声に、玲燕ははっとして振り返る。

そこには、使用人の容がいた。よっぽど急いでいたのか、いつも綺麗にひとまとめにされている髪は乱れている。

「私と逃げましょう」

「嫌よ。とと様は？」

「あとからすぐに追いかけてきます。さあ、早く」

鬼気迫る様子で容が手を引く。

（きっと、嘘だわ）

そんな、確信めいた予感がした。

玲燕は後ろを振り返る。縄で縛られた状態の父はじっと前を見据えていた。その周囲を、逃げられないように何人もの捕吏が取り囲んでいる。

「――天嶮学という怪しげな学問を真のように吹聴し、周囲を惑わせた罪は重い」

捕吏の中心にいる一際体格のいい男が叫ぶ。

「よって、天命によりお命を頂戴する」

身の毛がよだつ。

「いやよ、離して！　容、離して！　とと様。とと様！」

剣が振り上げられる。

炎で橙色に照らされる壁に、赤が散った。

◆第一章　失われた錬金術

都を出て丸二日。

どこまでも広がる田畑以外には何もない。時折違うものがあるとすれば、穀物を食い散らかすカラス避けの案山子《かかし》か、土を耕す車を引く牛くらいだ。

「随分と遠くまで来たものだな」

馬車に揺られていた甘天佑《カンテンユウ》はその景色を眺めながら呟く。

ほとんど整備されていない道の悪さから、揺れを軽減するために何重にも綿を敷いて贅を尽くした座面も、その用をなしていない。尻の痛みもここまでくると、感覚がなくなってくる。

やがて田畑も消え、辺りは山道に入った。

秋めいてきたこの季節、車窓から見える木々には時折赤いもの――色付いたカラスウリがぶら下がっているのが見える。

外を眺めるのに飽きた天佑は馬車に揺られながら目を閉じる。

(本当にこんなところに、有能な錬金術師などいるのだろうか?)

仕えている皇帝――潤王《じゅんおう》からの命でこんな田舎まで来たが、空振りになるのではないかと不安がこみ上げる。

しばらくすると、ガシャンと音がして馬車が止まった。

「ここか……」

馬車から降りた天佑は目の前の建物を眺めた。

質素な民家は相当な年季が入っており、瓦には苔がむしている。外から見える窓には網状の不思議なものが貼り付けてあった。壊れかけた格子窓を応急修理したのかもしれない。

木製の引き戸の横には木の板が置かれており、『お困りごとの解決、承ります』と書かれていた。

建物に隣接して小屋があり、中には牛が繋がれているのが見えた。その横では犬が呑気に昼寝をしていた。

――トン、トン、トン。

天佑はその引き戸を叩く。しかし、返事はなかった。

「いないのか？」

忙しい中、都から丸二日かけて来たのだ。この家の主に会わずには帰るわけにはいかぬと天佑は戸に手をかける。

ガラリと引き戸を開けた瞬間、鼻につく独特の匂い。麻紐、バケツ、縁がギザギザした円盤……。玄関口から見える土間には乱雑に、使い方がよくわからない部品が散らばっている。

天佑はその光景に眉を顰《ひそ》める。

「たのもう。どなたかおられぬか」

大きな声で呼びかける。

「はい、いらっしゃい！」

威勢のよい声が返ってきた直後、大きな反響音が響く。ガランガランッと金属がぶつかって崩れ落ちるような音だ。

（なんだ？）

あまりの音の大きさに、天佑はビクンと肩を揺らす。何事かと恐る恐るそちらを見ると、「あいたたた……」と小さな声がした。

「大丈夫か？」

「問題ない。立ち上がろうとした拍子に、絶妙のバランスを維持していたこの山に触れただけ」

ガラクタの山から高い声がした。

目を凝らしてよく見れば、今さっき豪快な音を立てて崩れ落ちた木と金属の屑に埋もれて、小柄な男の影があった。

背中まである黒髪は艶があり、後ろでひとつに結ばれている。白い袖口から覗く黒く薄汚れた手足は棒きれのように細い。

座っていても女ほどの体格しかないことはすぐにわかった。まだ少年だ。

少年は立ち上がると、服についたほこりをはたき落とす。

「驚かせて悪かった。それで、どんなお困りごとで？」

何事もなかったようにそう言った少年は、天佑を見る。

しかし、次の瞬間には顔から笑みを消し、困惑の表情を浮かべた。

「……あんた、都のお偉いさんだな？　都のお偉いさんがこんなところになんの用だ？」

「なぜ俺が都から来たお偉いさんとわかるんだい？」

天佑はにこりと笑って逆に問いかける。

すると、少年は少しだけ首を傾げた。

「理由はふたつある。第一に、あんたの足元。靴が全く汚れていない。この辺で働く下級役人の靴が全く汚れていないなんてあり得ない。普段、道の整った場所に住んでいて、ここまで靴を汚さずに来られるということだ。道が整った場所として考えられるのは、都だな。第二に、あんたが着ているのは官服だ。それにその帯銙《たいか》。かなりの高位なのだろう？　……察するに、清官《せいかん》だな。そもそも、錬金術師の知恵を借りたいなんて言い出す役人は政治舞台の高みを狙う食わせ者がほとんどだ」

天佑は目を瞬《またた》かせる。

（なかなか鋭い洞察力だな）

こんな片田舎でこの衣装が官服だと認識し、さらに帯銙で品位を認識できるとは驚いた。

この国、光麗国《こうらいこく》では官吏の身分が九に分かれており、その身分の高さによって、また、職種によって官服の色や帯銙の種類が違う。

天佑が今着ている紫色は、人事関係を取り仕切る吏部《りぶ》のものだ。

「なかなかよい洞察力だ。だが、初対面の相手に食わせ者とはいただけないな。俺は朝廷からの使いで参った甘天佑だ」

「朝廷？」

少年の眉がぴくりと動く。

「ああ、この地域に著名な錬金術師がいると聞いて訪ねてきた。道中で錬金術師の所在を尋ねたらここを紹介されたのだが、今は不在か？」

「……ここには私しかいない」

先ほどまでの明るさが嘘のような固い声で、少年が答える。

「何？」

天佑は少年の返事に、言葉を詰まらせた。

この地域に著名な錬金術師がいると聞いていたのだが、子供しかいないとは想定外だった。

「……では、訪問先を間違えたようだ。先ほども言った通り、俺は錬金術師を探している。この辺りで一番著名な錬金術師はどこにいる？」

「錬金術師など、都に腐るほどいるだろう」

少年はそっぽを向いたまま、ぶっきらぼうに答える。

「ちょっと、都の錬金術師では手に負えないことがあってね。優秀な錬金術師を探しているんだ。特に、この辺りは昔から優秀な錬金術師を多く輩出している地域だしね。かつて天嶮学《てんけんがく》の系統をなす錬金術師を生み出したのもこの地だ」

今から百年ほど前、とある錬金術師が人々が考えもつかない方法で難題を次々と解決し、ときの皇帝から〝天に類するものがない知識をもつ者〟という意味の『天嶮学士』の名を賜った。

以来、彼の錬金術の流派は『天嶮学』と呼ばれ、その弟子へと知識が受け継がれているといわれている。

少年は天佑の言葉に驚いたように瞠目し、次いで肩を揺らして笑い始める。

「これは笑わせる」

「何がおかしい？」

真面目な話をしているのに突然馬鹿にしたように笑われて、天佑はむっとして問い返す。少年はなおも腹を抱えながら、天佑を見据えた。

「その名を再び耳にする日が来るとは思わなかった。天嶮学はまがいもの故、『天嶮学士』の称号ごと抹消したのでは？」

少年は涼やかな目で天佑を見る。

まるで挑むような態度に、天佑は押し黙る。

少年の言う通りだった。

天佑が見た記録では、最後に朝廷が天嶮学士に力を請うたのは十年ほど前。都で起きたとある事件を解決すべく助力を請うた。しかし、天嶮学士は物事の真理を見誤ってときの皇帝に誤った事実を伝えた。

そして、その罪を問われて斬首されたのだ。

以来、天嶮学はまがいものとされ、その言葉を口にすることすら禁忌とされて久しい。

「今更何を言っているのやら。滑稽な話だ。残念だが、お探しの人物はいない。この地の錬金術師は私ひとりだ」

少年は大げさに肩を竦《すく》める。

「なんだと？」

「錬金術が盛んだったのはもう昔のことだ。数年前までは何人かいたが、ひとり、またひとりとこの地を去った。最後のもうひとりは先月流行病で亡くなったから、残っているのは私ひとりだ」

「……なるほど」

天佑は思案する。

（どうするかな）

都からはるばるここに来たのは、現皇帝である潤王から錬金術師を連れてくるようにと命じられたからだ。手ぶらで帰ることはできない。

「話はわかった」

「物わかりがよくて助かった。では、帰れ」

少年はわかりやすくほっとした表情を浮かべると、出口のほうを指さす。

「いや、そういうわけにはいかない。きみは錬金術師なのだな？　では、きみに来てもらおう」

天佑の言葉に、少年は「は？」と声を上げる。

「何を言っている。私は天嶮学士でも、著名な錬金術師でもない。ただの錬金術師だ」

「だが、この地域に錬金術師はきみひとりしかいないのだろう？　俺は、ここまで錬金術師を探しに来た。手ぶらでは帰れないんでね」

「断る」

少年の眉間に深い皺《しわ》が寄る。

（随分と、感情がわかりやすいやつだ）

不機嫌さを隠そうとしないその態度に、かえって好感を覚えた。

人々の欲望と嫉妬が渦巻く都では、皆が仮面を被っている。こんなに素直に感情を露わにする人間に会うのは、久しぶりだ。

歳はまだ十代半ばくらいだろうか。

高い声から察するに、まだ声変わりすら迎えていないようだ。

意志の強そうなしっかりとした瞳はこの国のものにしては薄い茶色。すっきりとした、けれど小さな鼻と薄紅色の口元はまるで少女のようだ。

背中まで伸びた艶やかな黒髪は、麻紐でひとつにまとめてあった。

あまり外には出ないのか、平民にしては色白で、棒きれのような貧相な体つきをしている。

一見するとただの少年だ。

だが、初対面の自分に対して会った瞬間あれだけ言い当てられたその洞察力に、天佑は底知れぬ才能を感じた。だから、この少年に懸けてみたいという気持ちが生まれた。

「表に看板が置いてあった。用件も聞かずに依頼を断るのは、あんまりなんじゃないか？」

天佑は後方の玄関を親指で雑に指さす。

先ほど玄関脇に『お困りごとの解決、承ります』の札が立てかけてあったのは知っている。

「あんたは朝廷からの使いで、人捜しに来たんだろう？　それについては、今言った通り、私では力になれない」

「人捜しはもういい。存在しない者を捜すのは時間の無駄だ。ところで、先ほどの推察はなかなか見事であった」

静かに語りかける天佑を、少年は黙って見つめる。

「きみを見込んで依頼をしたい。改めて、俺は朝廷の官吏をしている甘天佑だ。実は、都で近頃はびこっているあやかし事件を解決する知恵を貸してもらえないかと思ってね」

「あやかし事件？」

「ああ、そうだ」

「断ると言っただろう」

「は？」

予想外の態度に、天佑は目を瞬《また》かせた。

「だから、断ると言ったんだ」

「……それは、どうしてかな？」

天佑は口元に笑みを浮かべ、少年に問いかける。

朝廷からの依頼は、即ちここ光麗国の皇帝からの依頼と同義。ありがたいとむせび泣くことはあれど、断られるとは思ってもみなかった。

「都に日帰りで行くことはできないだろう？　ここで育てている動物達の世話は、その間誰がやる？」

少年は大真面目な顔をして答える。

「……動物？」

動物とは先ほど見かけた、このみすぼらしい家の外にいた牛や犬のことだろうか。まさか牛や犬を理由に断られるとは。

「あの子達は私の数少ない財産なんだ。逃げたり死なれたりしたら、取り返しが付かない」

「なるほど。では、動物の世話をするための人を寄越そう」

「役人は信用ならない。昔、手伝ってほしいと言われて手伝ったら、報酬を払い渋るどころか、私を愛妾にしてやると言って侮辱してきた」

「それは……」

天佑は改めて目の前の少年を見た。

華奢で、まるで少女のような可愛らしい顔つきをしている。天佑にはそういう趣味はないが、このような愛らしい見目の少年を愛妾として囲う性癖がある輩もいるかもしれない。

「それは災難だったね。だが、俺はそのようなことはしない」

少年はちらりと天佑のほうを見たが、すぐに目を逸らした。

「私は朝廷とは関わらない。奴らは嫌いだ」

吐き捨てるように言ったその言葉に、なぜか言葉以上の意味を感じた。強い拒否感だ。

(困ったな……)

手ぶらで帰るわけにはいかないが、嫌がる少年を無理矢理連れ去るのも本意ではない。

どうしたものかと逡巡していると、ドンドンドンと戸を叩く大きな音がした。

「おい、玲燕！　いるのはわかってるんだから。今日こそ滞納している家賃を払ってもらうよ」

　続く、大きな声。

「げ」

　小さく呟いたその少年──名前は玲燕というらしい──は慌てたように先ほど崩れたがらくたの山に身を潜める。

　ドンドンドンと再び戸を叩く音がした。

　天佑は戸に歩み寄り、それを開けた。

「やっと出てきた！　今日こそ──。あらっ、あんた誰だい？」

　戸の外にいたのは、中年の女性だった。白髪が交じり始めた髪をひとつにまとめ、薄汚れた胡服を着ている。

「俺はちょうどここに依頼に来た客人だ。それより、何事だ？」

「客人？　ここに？　あんたも酔狂だね。天嶮学はまやかしだっていうのは既に有名な話なのに」

　中年の女性がそう言った直後、「まやかしじゃない！」と天佑の背後から大きな声がした。同時に、がらくたが崩れ落ちる大きなガシャンという音も。

　それで、先ほど天佑が来た際も玲燕は借金取りが来たと思い隠れていたのだなと合点する。

「ああ、いた！　玲燕、今日こそ耳そろえて払ってもらうよ！　払えないなら出ていきな！」

中年女性は玲燕の姿を認め、声を張り上げる。

「天嶮学はまやかしじゃない。訂正して！」

玲燕は女性のほうを睨み付ける。

「そんなことより家賃だよ！　何カ月溜める気だい」

「……っ！　すぐに払う！」

「言っておくけどね、あんた先月も同じこと言っていたからね」

天佑は向かい合う玲燕と中年の女性の間に割って入り、言い争いを制止した。天佑は中年の女性を見る。

「家賃滞納か。滞納金はいかほどだ？」

「三十銅貨だよ」

「三十銅貨ね」

一般的な農民の月収に相当する額だ。このボロボロの家の賃料がそんなにかかるとは思えないから、相当長い期間、支払いが滞っているのだろう。

「俺が払おう」

天佑は右手を懐に入れると、財布を出す。そこから銀貨三枚を取り出し、女性に差し出した。

　一方の女性は天佑から銀貨を受け取ると目をまん丸にした。銀貨を摘み、かざして眺める。

「こ、こんなにいいのかい？　三十銅貨より随分多いけど」

「ああ、構わない。その代わり、この先一年間ほどこの家を借りたい。余った額は利子として取っておいてくれ。それでいいか？」

　銀貨一枚は百銅貨に相当する。つまり、天佑が手渡したのは滞納金の十倍に相当する額で、この女性が驚くのも無理はなかった。

「もちろんだよ！　こんなボロ屋でよければ一年間自由に使っておくれ。ありがとうね！」

　中年女性は朗らかな笑みを浮かべると、手を振って上機嫌で去っていった。

　その後ろ姿を見送ってから、天佑は改めて少年──玲燕を見る。

　玲燕は礼を言うどころか、天佑を睨み付けてきた。

「余計なことをするな。すぐに自分で払おうと思っていた」

「へえ、どうやって？　見たところ、依頼客もいないように見えるが」

　玲燕はぐっと押し黙るが、まっすぐに天佑を睨む視線を外そうとはしない。

（だいぶ肝が据わった少年だな）

相手が都の、しかも高位の官吏だとわかっていながらまっすぐに睨み付けてくるこの度胸はなかなかのものだ。

「今のは依頼料の前払いだ。俺の依頼を受けて解決すれば、成功報酬として残りも支払おう」

「前払い？」

玲燕は怪訝な顔で天佑を見返す。

「ああ。なんなら、手付金として、先ほどの家賃とは別に今すぐに報酬の一部を支払ってもいい」

天佑は懐に手を入れて小さな布袋を取り出すと、その布袋をそのまま玲燕に差し出した。玲燕は訝しげな顔をしつつもそれを受け取り、中を覗く。そして、驚いたように目を見開いた。

「こ、こんなにいいのか？」

「それはほんの一部だ。もし事件を解決してくれたなら、その百倍の報酬を支払おう」

「ひゃ、ひゃくばい！」

狼狽《うろた》えたような顔をした玲燕は、しっかりとその布袋を握りしめたまま何やら思案し始めた。「これだけあったら学舎を作って人を雇っても三十年は暮らせるな。教科書を作って、全員に無償配布しても――」などとブツブツ呟いている。

「どうだい？　やらないか？」

「……やる」

そうこなくては、と天佑はニッと口角を上げた。

「では、交渉成立だな。ところで、きみの名前は、玲燕でいいのかな？」

「そうだ」

「そうか、玲燕。これからよろしく。さっそくひとつ、俺の相談に乗ってくれないか」

そう言うと、天佑は都で起こったことを話し始めた。

◇◇◇

玲燕は馬車に揺られながら、目の前の男に目を移した。

その男――天佑は眠っているようで、ひとつにまとめられて無造作に肩から前に流れる艶やかな黒髪は馬車に合わせて揺れていた。伏せた瞼の際《きわ》から伸びる睫毛は長く、その高い鼻梁のせいでできた影が頬に落ちていた。

（都には美しい男がいるものね）

玲燕は天佑を見てそう思った。

玲燕が多くの時間を過ごした田舎の村では一度も見たことがないような、見目が整った男だ。涼やかな眼差しと凜とした雰囲気のせいか、どこか近寄りがたい雰囲気すら感じる。

年の頃はまだ二十代半ばだろうか。この年齢で吏部侍郎《りぶじろう》の座にいるとなると、恐らく超難関の試験を相当若くして突破し、さらにその中でも同期で一、二を争う超出世頭《スーパーエリート》のはずだ。

じっと見つめていると、男の睫毛が揺れ、ゆっくりと目が開いた。視線が宙を漂うように揺れ、玲燕を捉える。

「ああ、済まないね。うたた寝をしてしまった」

「構わない。疲れているのだろう？」

それを聞いた天佑は、形のよい口の端を上げた。

「きみのほうが疲れているだろう？　俺に遠慮なく休むとよい。動物達なら心配いらないよ。俺からしっかりと面倒を見るようにと申し伝えたから」

「どうも」

微笑みかけられて、玲燕はふいっと目を逸らす。

（役人は嫌いだ）

それは昔、とある役人に知恵を借りたいと言われ呼び出されたときのことだ。

子供のために用意したからくり人形の修理だと聞き、喜んでその仕事を受けた。ところがだ。約束通りに人形を修理した玲燕に対し、その役人は報酬を支払わないどころか『愛妾にしてやる、ありがたく思え』と言い放った。若い、かつ女である玲燕を軽んじていることは態度から明らかだった。

それ以来、玲燕は自ら進んで男の格好をして男のように振る舞うようになった。

この国では女の地位が低い。育ての親が亡くなりひとり暮らしする上でも、そのほうが都合がよかったのだ。

男の身なりをして、男のような口調で話すようになってからは愛妾にしてやると言われることはなくなった。だが、今でも役人からの依頼ではただ同然の報酬額に値切られることが多く、彼らが内心で平民である玲燕を小馬鹿にしていることは明らかだ。

(朝廷か……)

都に行くのは十年ぶりだ。

玲燕の父は天佑が言うところの天嶮学士その人だった。

父は子供の目に見てもとても聡明な人で、幼い玲燕に様々なことを教えてくれた。語学はもちろん、複雑な算術や水時計の仕組み、からくり人形の原理……。

天嶮学は錬金術学の一種で、初代の天嶮学士が学びやすいように体系立てたものがそう呼ばれているに過ぎない。それなのに、たった一度の失敗で父は天崘学士の名を剥奪された上で斬首され、天崘学そのものがまがいものであると断罪されたのだ。

まだ幼かった玲燕は屋敷の使用人——容が自分の子だと偽って連れ出してくれたおかげで助かった。そのときの無念を思うと、今でも怒りで手が震える。

玲燕は正面に座る天佑を窺い見た。再び目を閉じ、うたた寝をしている。長い髪の毛が一房こぼれ落ちて、額にかかっていた。

今のところ、天佑の態度はとても親切で紳士的だ。

玲燕が一年間、楽に暮らしてゆけるほどの多額の前金を入れてくれただけでなく、家畜の世話に関しても玲燕が住む地域の村長宅に赴き、しっかりと世話をするようにと目の前で話を付けてくれた。

だが、事件を解決したらこれまでの役人達のように態度を豹変させる可能性も捨てきれない。

だから、玲燕はできるだけ気を許さず、用件が終わったらさっさと家に戻ろうと自分に言い聞かせた。

（それにしても、あやかしなどとは……）

先ほど天佑が話したこと。それは、なんとも滑稽《こっけい》な話だった。

ここ光麗国の都、大明《たいめい》であやかし騒ぎが起こったのは数カ月前のこと。

夜になると、城内の皇城と呼ばれる官庁区や、外郭城と呼ばれる居住区や商業区において、度々鬼火が目撃されるようになったのだ。

それを見た市民は恐怖や不安を覚え、不吉なことが起こる兆しだと騒ぎだした。

現皇帝は三年前に即位したばかりの潤王だ。

光麗国では、後宮に入るための身分は問われない。

潤王は下級貴族の娘が産んだ皇子で、本来であれば皇帝などになりようがない身だった。しかし、数年前に大明で肺の病が大流行したときに上の皇子達が次々と亡くなり、田舎に身を寄せていて難を逃れた潤王に皇帝の座が回ってきた。

そのため、人々は皇帝に相応しくない人間が皇位を得たので天帝が怒り、地上に鬼を遣わしたに違いないと噂しているのだという。

（あやかしなどいないわ。父ならきっと笑い飛ばすはず）

玲燕の脳裏に、髭を揺らして笑う陽気な父――葉秀燕の姿がよみがえる。玲燕の母は元々体が弱く、玲燕以外に子供を望めなかった。ひとりっ子だった玲燕を秀燕はとても可愛がってくれた。

玲燕もまた父をとても尊敬しており、父が天嶮学を弟子達に教えている学舎に紛れ込んで一緒に講義を聞くのが何よりも好きだった。

『錬金術の目的は錬丹のみではない。我らは錬金術を用いて物事の真理を見極め、あらゆる世の不可解を解明し、また、世の不便を解決するのだ』

父は弟子達によくそう言っていた。

天嶮学が広まるまで、錬金術師の仕事は錬丹、即ち、飲めば不老不死の仙人となれる仙丹の錬成が主目的だった。天嶮学は錬金術の可能性を大きく広げたのだ。

玲燕は馬車の窓から外を覗く。

墨を垂らしたような闇夜には、下弦の月が見えた。

──月をはじめとする天の星は大地より昇り、また沈むが、一部の星は一年中どんなときでも地平線下に沈むことはない。

天嶮学の学舎で、昔そんなことを学んだ記憶がよみがえる。

天空を二十八の月宿に分割し、地平線に沈んでいる星の位置をも正確に把握するのだ。

『天嶮学はまやかしだっていうのは既に有名な話なのに』

故郷を去り際に家の貸主から言われた言葉を、また思い出す。

(まやかしじゃないわ)

玲燕は膝の上に載せていた手をぎゅっと握る。

予想と違わずに正確に動く天体は、玲燕が学んだことが間違っていないと証明している。

(朝廷は嫌いだ)

たった一度の失敗で父の命を奪っただけでなく、それまで脈々と受け継がれていた先人達の知識までも、その全てを否定した。

(今回だけは、特別よ)

玲燕は自分に言い聞かせる。

家賃を立て替えてもらったとき、天佑には咄嗟に『余計なことをするな。すぐに自分で払おうと思っていた』と突っかかった玲燕だったが、実のところ払う当てなど何もなかった。天佑が現れなかったら、近い未来にあの家を追い出され、路頭に迷って野垂れ死にしていただろう。

(恩返しをするだけだわ)

この一回だけ。この一回だけだ。

成功報酬を受け取ったら田舎に戻り、父と同じように学舎を作ってひっそりと暮らしたい。

何もかも失った玲燕が今望むことは、ただそれだけだった。

◇　◇　◇

ガタンと音がして馬車が揺れる。

玲燕はその衝撃ではっと目を覚ました。

気付けば、窓の外はすっかりと明るくなり、太陽は高い位置まで昇っている。馬車に揺られながら月を眺めていたら、いつの間にか眠ってしまったようだ。

「よく眠れたかい？」

正面に座る天佑は穏やかな笑みを浮かべてこちらを見つめていた。

「……おかげさまで」

「それはよかった」

天佑は満足げに頷くと、窓の外を覗く。

玲燕も釣られるように外を眺めると、密集した商店と多くの人々の往来する姿が見えた。故郷の東明ではまず見かけない人出だ。

「今日は祭りか？」

玲燕は天佑に尋ねる。

「祭り？　いや、違うな。大明はいつもこの人出だ」

「ふうん」

馬の足音に売り子の呼び声、歓談する人々の笑い声。町全体ががやがやとしていて、随分と賑やかだ。

（大明って、こんなに賑やかだったのね）

ここに滞在していたのは、もう十年も前のこと。いつの間にか、随分と記憶が薄れていることを感じる。

「そろそろ着く」

天佑が外を眺めながら玲燕に告げる。

間もなく、ガシャンという音と共に馬車が止まった。先に降りた天佑が扉を開けてくれたので、玲燕も続いて馬車から降りた。

長らく住んでいた故郷の道とは比べ物にならないほどしっかりとした道路を踏み締め、前を向く。

「大きなお屋敷……」

そこには大きな屋敷があった。白い塀が左右に伸び、その中央にある木門には立派な門頭が付いている。その門頭は赤や青で鮮やかに塗られていた。

天佑はその門を慣れた様子で開けた。

「ここは俺の屋敷だから、楽にしてくれ。身の回りの世話をしてくれる婆やがひとりと、雑用を任せている使用人の男がひとり通いで来るだけだから。普段は皇城に泊まることも多くてね。あまり帰らないから、最低限の人しか雇っていないんだ」

それを聞き、玲燕は眉根を寄せる。

(こんなに広いところに、ひとりで住んでいるの?)

玲燕が大明に住んでいたときも立派な屋敷だったけれど、ここはそれよりもさらに一回り以上立派だ。こんなに広い屋敷にひとりで住んで、寂しくはないのだろうか。

「著名な錬金術師をお連れするから寝具を干しておくようにと伝えてから屋敷を出たから、きちんと用意されているはずだ」

玲燕の眉間の皺を違う意味に捉えたのか、天佑は笑ってそう言った。

「疲れただろう? 少し休むといい。部屋に案内しよう」

艶々の板張りの廊下を歩きながら、玲燕は辺りを見回す。

天祐の言う通り、屋敷の中はがらんとして人気《ひとけ》がなかった。広さが広さだけに、少々不気味に感じる。

「こんなところにひとりで住んで、寂しくはないの?」

「寂しい? そう思ったことはないな。なにせ、ほとんど帰っていないから」

「忙しいのね」

「まあな」

こんなに広い屋敷は維持するだけでかなりの金額が必要になるはずだ。

(ほとんど帰らないのであれば、手放せばいいのに)

しかし、赤の他人である玲燕がそれを言うのは差し出がましいだろうし、天佑もそれ以上は詳しく話そうとしなかった。

「ここだよ」

天佑はひとつの扉の前で立ち止まる。

案内されたのは手入れの行き届いた、明るい客間だった。二間続きになっており、一間には机と箪笥、もう一間には寝台が置かれている。寝具を干すように伝えた、と言っていただけあり、寝台に敷かれた敷布からは太陽の匂いがした。

「もう少ししたら婆やが来るはずだ。それまで休んでいるといい」

「ありがとう」

「どういたしまして」

天佑は口の端を上げると、部屋をあとにする。玲燕は天佑の後ろ姿を見送ってから、部屋に置かれていた寝台へと腰掛けた。

「さすがに疲れたわ」

こんなに長く馬車で揺られ続けたのは初めてだ。

座面がふかふかしていたからきっと高級車なのだろうと予想が付いたが、それでも整っていない道を走れば振動がひどい。お尻は痛いし、未だに地面が揺れているかのような錯覚に陥りそうになる。

玲燕は倒れ込むように寝台に横になった。何もしていないのに、ひどく疲れた。

(少しだけ……)

玲燕はそっと瞼を閉じる。

意識は急激に闇に呑まれていった。


なんだかとても、心地いい。まるで真綿で体を包み込まれたかのような心地よさに、玲燕はうとうととまどろむ。

そのとき、カタンと小さな音がして、はっと意識が浮上した。

「おや、起こしちゃったかね」

声がした方向——背後を向くと、見知らぬ老婆がいた。

半分近くが白くなった髪を後ろでひとつにまとめ団子状にしている。よく見ると、老婆の前の箪笥が開かれており、中には沢山の衣類が収められていた。

「誰?」

「私はお坊ちゃんのお世話係をしている者ですよ」

「お世話係……」

「明明《めいめい》と申します。お坊ちゃんは〝婆や〟と呼ぶので、お好きな呼び方でどうぞ。学士様」

その老婆――明明は顔に深い皺を寄せて、笑う。

玲燕は、即座にこの老婆が天佑の言っていた〝婆や〟なのだろうと予想した。

穏やかな雰囲気と、少しだけ曲がり始めた腰、深い皺の刻まれたその顔つきが、どことなく育ての親である容を彷彿とさせる。

懐かしさを感じ、玲燕は自然と口元を綻ばせた。

すると、じーっとこちらを見つめていた明明は僅かに目を見開き、箪笥の中を見た。そして、今しまったばかりであろう衣類をおもむろに取り出し始めた。

「おやまあ。年頃のお嬢さんにこんな衣服を用意するなんて」

「え？」

「お坊ちゃんにはきつく言っておきます」

明明はにこりと目を細め、立ち上がると全く歳を感じさせない足取りで部屋を出ていった。


その二十分後、玲燕は夕餉の場で困惑していた。

「本当に申し訳なかった。てっきり少年だとばかり」

床に頭がつきそうな勢いで謝ってくるのは天佑だ。

「いえ、私がわざと男性と見られるような態度を取ったのです。見知らぬ男が訪ねてきた際は必ずそうしているので」

玲燕はなんでもないように答えた。

顔を上げた天佑はその意図をすぐに理解したようで、何か言いたげな表情で口元を引き結んだ。玲燕はそれに気が付いたが、知らんふりをして話を変える。

「それよりも食事にいたしませんか？」

玲燕は先ほどから気になっていた目の前の食台を見る。

そこには見事な御馳走が用意されていた。白い米に、卵の入ったスープ、青菜の炒め物に搾菜、豚肉の煮物まである。その煮物からはまだ仄かに白い湯気が上っていた。

家賃を払うのも難渋していた玲燕は、毎日の食事も粗食で済ませていた。こんなごちそうを目にするのは、父が生きていた頃以来だ。

「せっかく用意してもらった温かい食事が冷めてしまいます」

「ああ、そうだね」

天佑は慌てた様子で箸を手に持つ。そして、手を合わせると食事を口に運び始めた。玲燕もそれに倣って食事を食べ始める。少し薄味のそれは、どこか懐かしい味がした。

「ところで、もう一度、例の鬼火騒ぎのことを教えてもらえますか？」

「ああ、もちろん。ここ数カ月のことなのだが――」

天佑は頭の中で起こった出来事を整理するように、ゆっくりと言葉を紡いだ。

始まりは、だんだんと春の心地よい風が吹き始めた頃だった。

日増しに長くなる昼間と過ごしやすい陽気に、外郭城――皇城の周囲に広がる町に住む人々も夜の行動時間が増す。

そんなある日の晩、ひとりの男がほろ酔い気分で機嫌よく川辺を歩いていると、ふと川の方向から物音がした。怪訝に思って近づこうとしたとき、突如川の向こうに火の玉が現れた。そしてその火の玉は川辺に沿うように空を漂い、横切ったのだという。

「春先に川辺で？　それは蛍ではないでしょうか」

玲燕は真っ先に思いついた原因を告げる。

川辺で見られる光といえば、蛍が定石だ。重要なのは、その光を見たのは酔っ払いということだ。つまり、蛍の光を火の玉、即ち鬼火だと勘違いしたのではなかろうか。

「当初は皆、酔っ払いの痴《し》れ言《ごと》だと笑い話で終わらせていたのだよ。玲燕の言う通り、蛍ではないかと疑う者も多かった。しかし、その日以降も度々鬼火が目撃されるようになって、刑部《ぎょうぶ》にも情報が入ってきてね。ここまで目撃情報が多いと、単純に蛍を見間違えているとも思えない」

「場所は？」

「水辺が多いね。その火の玉を見た者の話では、この世の炎とは思えないような気味の悪い見た目をしていて、真っすぐに目の前を横切って行ったと」

「この世の炎とは思えないような気味の悪い見た目？　どういうことですか？」

　玲燕は箸を止めて聞き返した。

　その話を聞いただけでは、一体どんな炎なのか見当もつかない。

「奇妙な色をしている」

「奇妙な色？」

「橙や緑、それに黄色だと」

「天佑様はそれをご覧になりましたか？」

「一度だけ。緑色の摩訶不思議な光がゆらゆらと宙に浮いていた」

「緑色……。ゆらゆらと……」

　玲燕は箸を箸置きに置くと腕を組む。炎が緑色など、確かに摩訶不思議だ。

「最近になって、朝廷の呪術師が騒ぎ出してね。これは天の怒りの表れだと。我々としては一刻も早く事件を解決してこの騒動を終わらせたい」

　なるほどな、と玲燕は思った。

『一刻も早く事件を解決してこの騒動を終わらせたい』

　つまり、天佑はその不思議な光を端《はな》から鬼火であるなどとは思っていないのだろう。彼が恐れているのは天の怒りではなく、反皇帝派が活発になることだ。

　そう指摘すると、天佑は穏やかに口の端を上げた。

「わたしの見立て通り、玲燕はなかなか頭の回転が速い。ここまで連れてきた甲斐があったよ」

「それはどうも」

「玲燕の予想通り、端からあやかしの仕業などとは思っていない。私は主の勅命を受けてこの件の解決に当たっている」

「……勅命？」

　ドクンと心臓が跳ねた。

　勅命ということは、皇帝自らの指示ということだ。つまり、天佑の主は皇帝だ。

　かつて、父——秀燕はときの皇帝の命で事件解決に当たり、失敗して処刑された。幼い頃に見た恐ろしい記憶がよみがえる。

「悪いけどこの件、降りるわ」

「何？」

　天佑の眉間に皺が寄る。

「気が変わった。前金は返す。立て替えてもらった費用も、少しずつ返す」

　玲燕はそう言って立ち上がる。

　皇帝の命で事件解決など、冗談じゃない。皇帝は玲燕が最も忌み嫌う人物だ。

「待て」

天佑が呼び止める声がした。

「途中で投げ出すとは何ごとだ。――それとも、天嶮学は所詮まやかしだから解決できないか」

嘲笑の色を乗せた言い方に、玲燕は怒りでカッとなる。

「まやかしではない！　まやかしというならば、呪術師のほうがよっぽどまやかしだ！」

「では、それをお前が証明してみせたらどうだ？」

天佑は表情を変えぬまま、玲燕を見返す。

「なんですって……？」

「会った当初から思っていたが、その怒りようから判断するに、玲燕は天嶮学士のなんらかの関係者だろう？　弟子ではないと言っていたが、本当は弟子なのではないか？　まやかしでないなら、お前がそれを証明してみせろ。それができないなら、そう言われても仕方がないだろう」

玲燕は唇を噛む。

天佑の言うことは極めて的を射ている。

天嶮学がまやかしではないと口で主張するだけでは、それを証明することはできない。

「最後の天嶮学士は皇帝の命で処刑された。私が天嶮学士ゆかりの者だったとして、その恨みで皇帝に害をなす可能性があるとは思わないの？」

「既に代替わりしている今の皇帝に害をなして、なんの役に立つ？」

天佑はふっと口元に笑みを浮かべる。その表情からは、玲燕がそんな愚かなことをするはずがないという確信が窺えた。

「どうだ？　この機会を、利用してみては？」

「……利用？」

「果たしたい目的があるならば、使える手段は全て使え。それが賢い者のやり方だ」

天佑は玲燕を見つめる。

（お父様の無念を、晴らせる？）

先ほどまでは絶対にこの件からは手を引こうと決めていたのに、気持ちが揺らぐ。

「今お前が降りれば、天嶮学は永遠にまやかしのままだ」

玲燕はぎゅっと手を握る。

「……やる。やるわ！　やればいいんでしょっ！　私が必ず、そのおかしな鬼火の謎を解いてやるわ！」

「そうこなくては。期待している」

天佑はにこりと笑う。

（この人、わざと煽ったわね……！）

その整った笑みを見て、玲燕はこの男が思った以上に頭の回転の速い策士であると感じた。じとっと睨む玲燕の視線に絶対に気付いているはずなのに、天佑は涼しい顔をしたままだ。

（絶対にさっさと解決して東明に帰るわ！）

玲燕は決意を新たにする。

「私もその鬼火を見られますか？」

「日によって場所が違うからなんとも言えないが、日が暮れたあとに水辺に現れることが多い」

「では、現れる可能性の高い水辺に連れていってください」

「わかった」

天佑は頷く。

話を終えると、玲燕は小鉢に盛られた豚肉を箸で切って口に含む。何時間も煮込んで作ったであろうそれは、口の中でとろりと溶けて消えた。少しだけ冷えてしまっているが、それでも十分だ。

「美味しい！」

「それはよかった」

　天佑はにこりと微笑む。

（不思議な人ね）

　玲燕を見つめて目を細める様子は、とても優しそうな好青年にしか見えない。けれど、先ほどまでのやりとりを見るに、かなりの策士であることは想像が付く。

「どうした？」

　じっと顔を見つめてしまったので、不審に思われてしまったようだ。天佑は不思議そうに小首を傾げて玲燕を見つめている。

「いいえ、なんでもございません」

　玲燕は目を伏せると、黙々と食事をとる。

　小鉢に盛られた小魚を口にして、ふと手を止める。

（これ、懐かしい……）

　遙か昔、これと同じものがよく食卓に並んだ記憶がよみがえる。大明に流れる川──巌路川《がんじ》で採れた小魚の煮付けだ。

（水辺で鬼火か……）

　一般的に鬼火は墓地で見られることが多い。

　色々とこれが原因ではないかという推測は立つが、やはり実際に見てみないことには断定が難しい。

玲燕はまた一口、食事を口に運ぶ。

外からは、秋の訪れを知らせる虫の声が聞こえてきた。

◇◇◇

玲燕との食事を終えた天佑は自分の部屋に戻った。

私室にある机に向かうと、硯《すずり》で墨を摺り、筆を執る。主である潤王に手紙を書くためだ。

潤王の命は『東明に赴き、有能な錬金術師を連れてきてほしい』だった。それを受けて事前に調査をした上で東明に往復四日かけて赴いたのだが、出会えたのはあの少年のような姿をした錬金術師だけだった。

「天嶮学か……」

天佑もその名はよく知っている。

今から十年前、先の皇帝──文王の怒りを買い、それを口にすることすら許されない失われた学派だ。

『天嶮学はまやかしではない！』

強く言い切った玲燕の瞳の力強さを思い出す。

「不思議なやつだ」

普段の天佑であれば、あの状況で探していた錬金術師はいなかったと諦めていただろう。けれど、射貫くようなあの眼差しを見たとき、なぜかこの相手に懸けてみたいという気持ちが湧いた。

「とくとお手並み拝見しようか」

天佑は筆を進めつつ、口元に弧を描いた。

◇　◇　◇

翌日から早速、玲燕はこれまでの鬼火の目撃情報を整理し始めた。

天佑から聞いた通り、目撃は水辺に集中しており、特に川沿いが多い。ただ、日によってどこに現れるかは異なり、規則性はなさそうだ。

時刻は日が沈んだあとで、辺りに人気がないことが多い。

そして色は通常の炎の色である橙色の他、緑色や黄色だったという証言が多かった。

ただ、一瞬で消え去ったと言う者もいれば、ゆらゆらと同じ場所に留まっていたと言う者もいるようだ。

（確かにこれは、普通の鬼火ではないわね）

玲燕は資料を見ながら唸る。

とにかく、一度でもいいからその鬼火を見る必要がある。

◇◇◇

都である大明に来てから五日。

この日も玲燕は、皇城と外郭城にまたがるように流れる巌路川の畔《ほとり》を天佑と共に歩いていた。鬼火を見るために、毎日こうして歩いているのだ。

「今日は現れるでしょうか」

「さあ、どうだろう。なにせ、川沿いと言っても範囲が広いからね」

天佑が言う通り、ここ大明の城内はとても広い。

皇帝が住む宮城を中心に、その周りに官庁が立ち並ぶ皇城、さらにその周りに人々が住む外郭城が広がっている。外郭城の内部だけでも、巌路川と細い小川があり、さらに人工的に作られた水路が至る所に張り巡らされている。

玲燕は空を見上げる。

既に日はすっかりと暮れ、辺りは真っ暗になっている。

（やけに暗いと思ったら、今日は二十七夜か）

漆黒の空には、線のように細い弧になった月が浮かんでいる。

「鬼火は現れませんね」

玲燕は周囲を見回す。今日も、不審な光は見えなかった。

一時間ほど歩いただろうか。

今日も収穫なしかと諦めかけたときに、不意に離れた場所から声がした。

「鬼火だ！」

玲燕はハッとして声のほうを見る。

「鬼火ですって？」

「行ってみよう」

天佑が声のほうを指さし、足を速める。

玲燕の視界の端に鈍い光が映った。

（あれは……）

それは本当に一瞬のことだった。

川上から川下に向けて、鈍い緑色の光が移動してゆくのが見えた。それはまるで子供の球遊びのように、美しい放物線を描きすぐに消えた。

「今のが鬼火でしょうか？」

「ああ、例の鬼火で間違いない」

隣に立つ天佑が固い声でそう言う。

(もう一度現れないかしら?)

玲燕は鬼火が消えた方向をもっとよく見ようと、目を凝らす。

しかし、すっかりと日が暮れている上に今日は二十七夜だ。視界の先は、漆黒の闇に包まれていた。目線を少し上げると、空には天極の極星が瞬いているのが見えた。

騒ぎを聞きつけた人が次々に集まってきて、周囲から「鬼火が現れたぞ」「天帝がお怒りだ」と叫ぶ声が聞こえてくる。

「想像したよりも動きが速いです」

「私が前に見たときは、もっとゆったりした感じだった。遠目にゆらゆらと、風に揺れるような……」

「そうですか」

玲燕はじっと考え込む。

鬼火は確かに現れ、緑色をしていた。

(……緑の火か)

「天佑様。明日、明るい時間にもう一度ここに来ても? それに、これまで鬼火が目撃された場所も」

「明日の明るい時間に？　明るい時間に鬼火が目撃されたことは、今まで一度もないが？」

腑に落ちない様子で、天佑は聞き返す。

「はい、わかっております。確認したいことがあるのです」

玲燕は流れる川を見つめながら、頷いた。

◇　◇　◇

翌日、まだ日が昇るか昇らないかという時刻。

寝台の上で体を起こすと、朝の空気が肌に触れる。

「段々と涼しくなってきたなあ」

ついこの間まで、寝苦しいほどだったのに。

玲燕は布団をぎゅっと引き寄せる。

ここの寝台はふかふかしていて、寝心地がいい。ずっと寝ていたくなるが、そういうわけにもいかない。

玲燕は寝台から抜け出すと、着慣れた胡服に身を包む。明明にどんな服が好きかと聞かれ、動きやすいからとお願いしたものだ。

屋敷の中心にある庁堂に行くと、既に天佑の姿はそこにあった。

「天佑様、おはようございます」

「おはよう」

天佑は玲燕のほうを見て、柔らかく目を細める。

「今朝は、昨日の場所に行くのだろう？」

「はい。そうしたいと思っております」

玲燕は頷いた。

◇◇◇

同じ場所でも、昼と夜とでは全く印象が異なる。

天佑に連れられ向かった場所を、玲燕はじっくりと観察するように眺めていた。昨日は暗くてよく見えなかったが、巌路川は川幅五メートルほどで、川岸は膝の丈ほどの草に覆われていた。

「昨日私達がいたのはどの位置でしょうか？」

「ちょうどあの辺りだ」

天佑は今いる位置の後方、川岸に沿った砂利の歩道を指さす。玲燕はその場所に行くと、懐から小箱を取り出し、中にある一本の針を摘んだ。

「羅針盤か？」

蚕の繭から取った絹が中央に結ばれたそれを、天佑は見たことがあった。正確に方位を知りたいときに用いる道具で、よく易で使われるものだ。

「そうです。昨晩、鬼火を見た際に私は同じ方角に天極の極星があるのを見ました。天極は常に子の方角に位置します。即ち、この羅針盤が示す子の方角に、鬼火は現れたということです」

玲燕はじっと針を見つめ、その針が示す子の方向に歩み寄る。

「あちらに渡りたいです」

「向こうに橋があるな。行こう」

天佑は川下を指さす。

二百メートルほど先に、細い橋が架かっているのが見えた。

玲燕はその橋を渡り、川の向こう岸へと行く。

「鬼火が消えたのはこの辺りでしょうか？」

「そう思うが」

天佑が頷く。玲燕はおもむろに川沿いの草の中に足を踏み入れると、どんどんと川岸に向かい水面を見た。

「思ったよりずっと浅い川なのですね。流れも緩い」

「ああ、そうだな。最近は晴れが続いているから、よけいに水量が少ないのかもしれない」

「とても都合がいいです。もしかすると、思ったよりずっと早く解決するかもしれません」

「どういうことだ？」

玲燕の言う意味がわからず、天佑は聞き返す。玲燕は黙ったまま、じっと水面を見つめている。そして、胡服の下穿きをたくし上げるとジャブジャブと川の中に足を踏み入れた。

「おい、何をしている！」

ぎょっとした天佑が叫ぶ。

「探し物です」

「探し物？　一体何を？」

天佑は問い返す。玲燕が何を探しているのか、皆目見当が付かない。

訝しむ天佑に構うことなく、玲燕は辺りを見回している。

二十分近くそうしていただろうか。中腰で水底に目を凝らしていた玲燕が、ぱっと立ち上がった。

「ありました！」

「一体、何があったというのだ？」

「これです」

玲燕が持っていたのは、一本の棒だった。水に沈んでいたのでびしょびしょに濡れている。長さは二十センチほどで、箸と同じくらいの大きさだ。

「その棒がなんだというのだ？」

「よくご覧ください。これは、ただの棒ではありません」

「なんだと？」

玲燕が差し出したそれをよく見ると、先っぽの先端が空洞になっており、焦げた布のようなものが巻き付いていた。松明に形が似ているが、それにしては細すぎる。

「なんだ、これは？　松明に形は似ているが……」

「これこそが、あやかし騒ぎの正体ですよ」

玲燕はにんまりと口元に弧を描いた。

「鬼火の謎、解けました」

◇　◇　◇

その日の晩、天佑は玲燕に呼ばれ、屋敷の中庭に向かった。

灯籠が点《とも》された中庭には既に玲燕がおり、彼女のわきには水の張った大きな盥が置かれている。

「これから何をする？」

天佑は周囲を見回す。

まさかここに鬼火を呼び寄せようというのだろうか。

「まあ、座ってください。あ、お願いした材料集め、ありがとうございます」

玲燕は思い出したように、天佑に礼を言う。

今朝、屋敷に戻ってきた玲燕に色々と材料を集めてほしいと言われたのだ。

「早速ですが、こちらをご覧ください」

玲燕は天佑の前に、一本の箸を差し出す。端には、今朝川で見つけたのと同じように窪みがあり、綿が詰めてあった。

「こちらに火を付けます」

玲燕は中庭を照らすために点されていた灯籠の中に、箸の端を突っ込む。程なくして煙が上がり、火が燃え移った。

玲燕はそれを確認し、片側が燃える箸を目線の高さまで上げる。

「炎は何色に見えますか？」

「橙色だ」

天佑は答える。それは、焚き火でよく見かける、天佑もよく見る炎の色だった。

「その通りです。では、これは？」

玲燕はもう二本、同じような形状をした箸を取り出すと、その先っぽに灯籠の炎を重ねる。さほど時間がかからずに、炎は燃え移った。

すると――。

「……黄色と緑色だ」

天佑は信じられない思いでその炎を見つめた。先ほどの箸は橙色だったのに、今度の箸は炎が違っていた。一本は橙に混じり合うように黄色の光を、もう一本は緑色の光を放っている。

「ご覧の通り、これがあやかし騒ぎの正体です」

玲燕はにこりと微笑む。

「どういうことだ？」

「至って簡単な仕掛けです。こちらと同じものをもうひとつ用意しておりますので、明るいところでご覧になってください」

「ああ」

天佑はその箸を受け取ると、煌々と明かりの点される庁堂へと移動する。明るいところで見ると、その箸に詰められた綿には何か混じっているように見えた。

「なんだこれは？　濡れているが……それに、何が混じっている」

「こちらの綿には燃えやすいように酒精を染み込ませて、これと同じ成分をまぶしております」

玲燕は財布を取り出し、そこから硬貨を一枚取り出す。

「銅貨？」

「はい、そうです。こちらは銅でございます」

玲燕は銅貨をピンと指先で宙に弾き、落ちてくるそれをパシッと掴んだ。

「あまり一般的には知られておりませんが、炎の色は混じり合う金属の成分で多種多様に変化します。銅が混じり合うと緑色に炎の色が変わることは鍛冶職人などにはよく知られた事実です。黄色は、塩分が混じった汁物を零した布を燃やすときなどによく見られる炎の色です」

玲燕は説明しながら、天佑が手に持つ二本の棒を見つめる。

「天佑様に『炎が黄色や緑色だった』と聞いたとき、私はすぐに鬼火は塩分や銅を配合した炎であることを疑いました。そして、実際に鬼火が現れたのを見たとき、鬼火の軌跡が美しい放物線を描いていることに気付きました。放物線は、とある物を投げたときにその物が描く軌道として、特徴的な形状です。即ち、『なんらかの細工をした炎を何者かが投げ、水に着地して消えている可能性が高い』と推測したのです」

「それで、証拠となる品がないかを翌日の早朝に探しに行ったというわけか？」

天佑はようやく、今朝の玲燕の行動の意味を理解した。

「はい。川は流れがあります故、すぐに見つかるとは思っていなかったのですが、浅い上に流れがほとんどない川であることが幸いしました」

玲燕は表情を変えずに頷く。

「玲燕の推理に基づくと、これまでに鬼火が目撃された場所に同じような棒が落ちているはずということだな？」

「そう思います。現場が水辺に集中していたのは、まわりに民家があることを嫌ったものでしょう。火災になっては大変ですから」

「なるほど。しかし、俺が以前遠目に見たものはゆらゆらとその場に留まっていた。これについてはどう考える？」

「それなのですが──」

玲燕は顎に手を当てる。

「私はその実物を見ていないのであくまでも推測なのですが、これまでの鬼火の目撃記録を確認する限り、ゆらゆらと揺れる鬼火はどこも遠目にしか目撃されておりません。これは即ち、近くで見られると都合が悪いからではないでしょうか？」

「というと？」

天佑は玲燕に続きを促す。

「つまり、人が操作しているのです」

「人が操作か……。なんにせよ、まずはこれまでの目撃現場から今朝見つけた棒と同じようなものがないかを調査しよう」

「はい、お願いします」

玲燕はこくりと頷いた。

◇◇◇

あれから数日が経った晩、玲燕は夜空を見上げていた。月はいつの間にか新月を越え、上弦が少しずつ厚みを増している。天極の極星が今日も同じ位置に輝いているのが見えた。

部屋の扉をトントントンとノックする音がした。

「どうぞ」

声をかけると、扉が開かれ天佑が現れる。そろそろ来る頃だと思っていたと、玲燕は口の端を上げる。

「どうでしたか？」

「玲燕殿の言う通りだ。同じような棒が、他の場所からもいくつか見つかった。なにぶん小さい上に場所も定かでないもので、部下に探させるのに手間取った」

天佑が折りたたまれた布を玲燕に差し出す。玲燕が無言でそれを受け取って開くと、中からは細い棒きれが出てきた。一部は端に焦げたような跡が残っている。

「これらの棒は全て、これまで火の玉の目撃情報のある場所から探し出してきたものだ」

「では、私の推理が正しい可能性は極めて高いでしょう」

玲燕はその包みを元通りに包み直すと、天佑に手渡す。

「少しはお役に立ちましたか？」

なんでもないことのように尋ねてくる玲燕に、空恐ろしさを感じた。

王都の錬金術師が何カ月も掛けて解決できなかった謎を、玲燕はたった数日で、しかも自分ひとりの知識のみで解決したのだ。

「本当に見事だな。天嶮学がかくも素晴らしいものとは……」

「天嶮学はあくまでも錬金術の一流派に過ぎません。物事を見て、その真理を追究するのです」

褒められて嬉しかったのか、あまり表情を見せない玲燕の口元に笑みが浮かぶ。

「鬼火の謎も明らかになったことですし、これで私の役目は終わりということでよろしいでしょうか？」

玲燕は涼やかな眼差しで、天佑を見つめる。

凜としていながらも少し幼さの残るその眼差しを見たとき、天佑はなぜか胸を打たれるような衝動を感じた。

（この娘を手放してはならない）

本能的に感じたのは、多くの人を見る吏部侍郎という立場にいる者の直感かもしれない。天佑はすらすらと鬼火の謎を推理してゆく玲燕の姿に、半ばわくわくするような高揚感すら覚えたのだ。

「まだだ」

天佑は首を振る。

「できれば玲燕には、誰がこのようなことをしでかしたのか、犯人まで見つけてほしい。それに、ゆらゆらと空で留まる鬼火の謎も。ああ、もちろん、ここで一旦、約束の謝礼は支払う」

「犯人は反皇帝派の貴族ではないのですか？　ゆらゆらと空で留まる鬼火は、犯人を捕らえれば証言が得られましょう」

玲燕は小首を傾げ、天佑を見返す。

今回の鬼火騒動で、民は『皇帝にふさわしくない潤王が即位したことにより、天帝がお怒りになっている』と噂した。玲燕の言う通り、現皇帝の在位を面白く思わない反皇帝派の仕業である可能性は極めて高い。

「そうは思うのだがね。なかなか特定が難しいのだよ」

「特定が難しい？」

玲燕は訝しげに聞き返す。

「ああ。対象者がとても多い」

低位の妃から生まれた潤王の即位を面白く思っていない貴族は、両手で数えきれないほどいる。特定が難しいというのは事実だった。

玲燕は考えを整理するようにじっと黙り込む。そして、しばらくの沈黙ののちにようやく口を開いた。

「乗りかかった船ですので協力するのは構いませんが、反皇帝派の人間関係を全く知らない私にそれを推理することは極めて困難です」

「それもそうだな。玲燕に知識として人間関係を教えることは可能だが、それだけでは不十分だろう」

「ええ、できれば直接話す機会までいただけますと幸いです」

玲燕は頷く。

「どうするかな。疑わしきは皆、有力貴族だ。下手につつくと思わぬ大火災になる」

「そこをなんとかするのが天佑様の役目でしょう?」

玲燕はぴしゃりと言い切る。天佑は玲燕を見返し、ふっと口の端を上げる。

「なかなか言うね」

「当たり前のことを言ったまでです。問題を解決しろと言いながらその謎を解決するための材料を与えられないのでは、話になりません」

物事の真理に至るには、できるだけ正確かつ多くの情報が必要だ。天嶮学は占いではない。事実に基づき、物事の真理を明らかにするのだ。

「それもそうだな」

天佑はふむと頷いて、玲燕をじっと見つめる。

「……なんですか?」

品定めをするような天佑の視線に、玲燕は居心地の悪さを感じた。

「いや、なんでもない。明日、仕事に行ったら連れていけるように手配しておこう」

「ええ、お願いします」

頷きながらもなんとなく嫌な予感がする。

そして、その予感は見事に的中したのだった。

◇　◇　◇

玲燕が鬼火の謎について明らかにしてからしばらくの間、天佑は屋敷を不在にした。元々忙しくてあまり帰らないと聞いていたので、きっとこれが彼の通常なのだろう。

「学士様、何をされているのですか？」

中庭に面する回廊で作業していた玲燕は顔を上げる。

明明が不思議そうに、こちらを見つめていた。

「凧《たこ》を作っているの」

「凧ですか」

明明は興味深げに玲燕の手元を覗き込む。

凧は、糸で結んだ薄い膜を風による揚力を利用して空に飛ばすものだ。形状や糸を結ぶ位置、素材によって飛んでいる時間や高さが変わる。玲燕は昔から凧揚げが好きだった。

「見ていて」

玲燕はそう言うと、中庭に降り立つ。

ちょうどよい風が吹いたので凧から手を離すと、それは空高く舞い上がった。

「おやまあ。ただの布が空を飛ぶなんて、面白いですねえ」

明明は空を見上げ、屈託ない笑顔を浮かべる。

光麗国では、凧は軍事用に用いられることが多い。明明はあまり見たことがなかったのだろう。

そのとき、背後からじゃりっと地面の石を踏む音がした。

「凧か。自分で作ったのか？」

聞き覚えのある穏やかな声に、玲燕はハッとする。振り返ると、そこには五日ぶりに会う天佑がいた。

「そう。暇だったから」

「へえ、見事だな。……ほったらかしにしてしまい悪かったね」

天佑は玲燕を見つめ、穏やかな笑みを浮かべる。

「別に構わないわ。だって、仕事でしょう？」

「そうだね」

天佑は頷く。

「おかえりなさい」

「ああ、ただいま」

天佑は玲燕の近くに置いてあった椅子に座ると、「婆や。お茶を用意してくれるか」と明明に声をかける。明明は「ちょっと待ってね」と言うと、厨房のほうへと消えた。

その後ろ姿を見届けてから、天佑は玲燕を向いた。

「玲燕を皇城の内部に連れていく手はずが整った」

玲燕は爪を操っていた手を止める。制御を失った爪が地面に落ちてくるのを、天佑は空中で捕らえた。

（思ったよりも早いわね。さすがは若くして要職に就いているだけあるわ）

鬼火事件の容疑者として疑わしき面々に実際に会ってみたいと申し出たが、こんなに早く実現できるとは。人事を取り仕切る部署の要職にいるので、融通もしやすいのだろう。

「訪問は一週間後の予定だ。それまでに、これを暗記しておいてほしい」

天佑は腕に抱えていた包みを開くと、玲燕に分厚い書物を差し出した。一般庶民はほとんど目にすることがない貴重な上質紙に書かれたもので、端を麻紐で結んである。ざっと目寸で見た限りでも数センチの分厚さがあった。

「これは何？」

「後宮の勢力図だ。現在、皇上であられる潤王には四人の妃がおられる。黄《おう》家の娘である梅妃《ばいひ》、明家の娘である蓮妃《れんひ》、連家の娘である蘭妃《らんひ》、最後に宋家の娘である桃妃《とうひ》だ」

「妃の方々の関係者が関与した可能性は低いのでは？」

玲燕は天佑を見返す。

鬼火の目的は恐らく、潤王の失脚だ。既に妃として後宮で寵《ちょう》を得ている娘のいる貴族がやる理由はない気がしたのだ。

「先入観を持って物事を見ると、真理を見誤る」

玲燕は天佑の言葉に、眉根を寄せる。

これと同じ言葉を、よく父の秀燕も言っていた。先入観があると見えるべきものが見えなくなり、物事の真理を見誤ると。

「……それもそうね」

「それに、妃のところには何かと情報が集まる。接触する機会があるならば、よき関係を築いたほうがよいだろう」

玲燕は手渡された書物に視線を落とす。

真っ黒の表紙を一枚捲《めく》ると、天佑の言う通り後宮について書かれているようだった。女性が男性に比べて噂好きだという意見には、玲燕も同意する。東明でも、井戸の前にはいつ行っても人の噂をネタに世間話に盛り上がる女性がいた。

（きっと、今頃は私のことを話のネタに盛り上がっているわね）

玲燕は息を吐く。

突然皇都から役人がやってきて、家賃一年分以上の金額を払った上に玲燕を皇都に連れていってしまったのだから。あの片田舎では、十年に一度あるかないかの大事件だ。さぞや噂話も盛り上がるだろう。

「わかりました。読んでおきます」

「ああ、頼んだ」

天佑はにこりと微笑む。

「それと、玲燕の殿舎が決まった。偽りの妃故、なるべく目立たないほうがいいと思い外れの殿舎にした。菊花殿《きっかでん》だ」

「菊花殿？　偽りの妃？」

玲燕は眉間に深い皺を寄せる。

何を言っているのかと訝しげに天佑を見返すと、天佑は笑みを深める。

「潤王の五人目の妃だ。妃であれば宮城に常にいても違和感はないからな」

「なるほど。妃ですか」

そこまで相づちを打ち、玲燕ははたと動きを止める。

今、とんでもないことが聞こえた気が。

「今、なんと？」

「玲燕には後宮に入ってもらう」

呆然とする玲燕に追い打ちをかけるように、天佑が言う。

「なんで！　謎を解くのに妃になる必要はないはずです」

「必要はないが、なったほうが勝手がいい。既に、手配済みだ。安心しろ、全てが解決したら出してやる」

玲燕は唖然として天佑を見返す。

皇帝の妃を迎え入れるなど、すぐにできるわけがない。一体どんな裏技を使ったのか。

「あり得ないんだけどっ！」

玲燕の叫び声が屋敷に響き渡った。

◆第二章　偽りの錬金術妃

光麗国の王都、大明にある巨大な城郭――麗安城《れいあんじょう》。

皇帝の住む宮城、政が行われる皇城、そして人々が暮らす外郭城からなるここは、一辺の長さが数十キロにも及ぶ巨大な城だ。

そして宮城の一角にある後宮で、女官達が世間話に花を咲かせていた。

「今度のお妃様はどんなお方なの？　随分と急に話が降って湧いたわよね」

「それが、ほとんど情報がないのよ。なんでも、甘天佑様ゆかりの姫君だとか？」

「甘天佑様の？」

女官は驚いて声を上げる。

ここに勤めている女官で、甘天佑の名を知らぬ者はいない。

光麗国史上最も若くして官吏になるための試験を突破した秀才で、現皇帝である潤王の覚えもめでたい。さらにその見目は非常に整っており、少し切れ長の瞳にすっきりとした高い鼻梁、薄い唇、キリッとした眉が黄金比に並んでいる。

時折妃達を楽しませるために催される宴席に呼ばれる演劇の芸人ですら、彼の前では霞むほどだ。

「親戚ってこと？　じゃあ、すごい美人なのかしら。だって、弟の栄祐《えいゆう》様もすごく素敵よね？」

「でも、きっと変わり者だわ。殿舎が幽客殿らしいもの」

「幽客殿⁉」

それを聞いた女官は驚きの声を上げる。

「ええ。それも、自分で希望したらしいわよ」

説明する女官は、声を潜める。

幽客殿とは、この後宮でも最も外れに位置する殿舎――菊花殿の別名だ。

後宮は今も昔も、どろどろとした愛憎劇に事欠かない。

今から十年ほど前、ときの皇帝の寵を失ったと知ったひとりの妃が自害した。それだけであればよくある話なのだが、そのあとからその妃が住んでいた殿舎――菊花殿からおかしな物音が聞こえるようになった。

後宮の人々はこの世に未練が残って成仏できなかったその妃が幽鬼となって殿舎に留まり皇帝の訪問を待っているに違いないと噂し、いつしか菊花殿は幽客殿と呼ばれるようになった。

幽客殿は後宮の一番外れにある上に、何年も人が住んでいなかったので手入れも行き届いていない。挙げ句の果てに、幽鬼がいる。

嫌がることはあっても希望する者などまずいないような殿舎だ。

「……それは確かに、変わり者だわ」

女官は眉を寄せて頷く。

「ただでさえ鬼火騒ぎが頻繁に発生しているのに、よりによって幽客殿なんて……。ねえ」

自分の殿舎によそ者の女が入宮し、さらには皇帝陛下の寵があったら……。幽客殿の幽鬼が怒り、もっとひどい災いが起きるかもしれない
そのとき、回廊の向こうに人影が現れる。

「あら、噂をすれば」

女官のひとりが、もうひとりの女官へと耳うちする。

「見慣れない子がいるわ。きっと、新しいお妃様付きの子だわ」

回廊の向こうから、髪の毛をひとつにまとめた可愛らしい少女が歩いてくるのが見えた。手には平べったい木箱を持っている。

「ちょっと。何を運んでいるの？」

女官のひとりが、近づいてきた少女へと声をかける。少女は立ち止まり、こちらを見た。

「引っ越しの荷物を運んでいます」

「へえ」

女官は相づちを打つ。引っ越しということは、予想通りこの少女は新しい妃付きの女官だ。

女官は少女が大事そうに持つ木製の箱をちらりと見る。

「その中には何が？」

「宝物です」

「宝物？　菊妃様の？」

「……まあ、そうですね」

少女は口ごもりながらも、頷く。

女官達の目がキラリと光る。

新しい妃付きの女官が大事そうに抱えて運ぶ、宝物。きっと中身は宝石か衣だろうが、一体いかほどのものなのか。

「それでは、ごきげんよう」

少女が先に進もうと歩き始めたそのタイミングを狙い、女官のひとりがさっと足を差し出した。

少女はそれに躓《つまず》き、勢いよく前に倒れる。

ガッシャーンと大きな音が廊下に響く。少女の持っていた小箱が落ち、箱の中身が周囲に散らばった。

「痛ったー」

うつ伏せに転んだ少女は上半身を起こし、床に打ち付けた肘をさする。

「あらあ。大丈夫？　突然転んで、どうされたのかしら？」

足を引っかけた女官はくすくすと笑う。そして、床に落ちたものを拾い上げた。

「どれどれ……あら。何かしら、これ？」

てっきり宝石などの宝飾品か衣が入っていると思っていたのに、散らばったのはただの木片だった。四角柱の形状をしており、それぞれに異なる模様が入れられたものがいくつもある。

「ああっ。大切な算木《さんぎ》が！」

少女は顔を上げ、周囲に散らばった木片を見て青ざめた。

「……算木？」

女官達は目を瞬かせる。

必死に木片を集めている少女の姿を見て少し気の毒になり、いくつかを拾って少女に手渡す。

「ありがとうございます。助かりました」

少女はぺこりと頭を下げた。

「いいわ。それより、これは何？」

「これは見ての通り算木でございます。とても大切な品物でございます」

少女は得意げな顔をしてそれを見せる。

「算木……」

女官達はぽかんとした顔でその木片を見つめる。もしかして、これは特別な算木なのだろうか。

「何に使うの？」

「何って、もちろん算術です」

「高いの？」

「いえいえ。銅貨二枚あれば買えます」

「あ、そう」

銅貨二枚。つまり、庶民でも買えるような品であり、至って普通の算木だ。

なんと返せばいいかわからず、女官は「大切な宝物なのだから、気をつけなさいよ」と無難な言葉をかける。

「はい、ありがとうございます。では、私は急いでおりますので。ごきげんよう」

少女は朗らかに笑い、片手を振る。

その後ろ姿をふたりは無言で見送り、顔を見合わせると頷き合った。

「間違いなく、変人だわ」

「ええ、そうね」

銅貨二枚で買える算木が宝物の妃など、聞いたことがない。

◇◇◇

玲燕は算木の入った木箱を大切に胸に抱え、自分の殿舎である菊花殿へと戻った。

「ただいま！」

「お帰りなさいませ、玲燕様」

慌てたように立ち上がり出迎えてくれたのは、天佑が手配した玲燕付きの女官――鈴々《りんりん》だ。くりっとした大きな瞳が可愛らしい美少女で、少し高めの鼻梁と切れ長の瞳は周囲に知的な印象を与えている。

「随分とお時間がかかりましたね。女官のふりをして出かけるなど、本当に心配しました」

「ごめん、ごめん」

玲燕は笑って誤魔化す。

玲燕は先ほどの女官を思い出す。

（新人に手荒い洗礼をしてやった、ってところかしら？）

十中八九、玲燕が新入りの妃付きの女官だと判断して、わざとやってきたのだろう。

（鈴々に行かせなくてよかった）

玲燕は、ふうっと息を吐く。

人の悪意には慣れている。父が斬首されたあとしばらくは、世間もその噂で持ちきりだった。天嶮学士は稀代の大嘘つきだと。

故郷に戻った玲燕は周囲に後ろ指を指され、とても辛くて悲しかったのを覚えている。

それに比べれば、先ほどの女官がした嫌がらせなど痛くも痒くもない。

（どうせすぐにここを去る身だし、放っておけばいいわ）

玲燕は大切に胸に抱えていた木箱を机に置くと、蓋を上げた。

先ほど急いでかき集めたせいで、中の木片は乱雑に散らばっていた。

鈴々はひょいと首を伸ばし、中を覗く。

「どうしても自分で運ぶと仰るから何かと思えば。これは、算木でございますか」

「ええ、そうなの」

玲燕は木箱から四角柱の木をひとつ手に取る。四角柱の側面には、数字の「一」を意味する横棒が一本書いてあった。

算木とは、複雑な計算を行う際に用いる計算道具の一種だ。四角柱の形をした木には一から九までを示す図形が描かれており、これを横一列に置くことで数字を表現する。

錬金術師には必携の道具で、これは玲燕が幼い頃から使っている品だった。

「鈴々はよくこれが算木だって知っていたわね？　一般の人はあまり使わないのに」

「天佑様が執務の際に時々使っていましたので」

「天佑様が？　そうなの」

玲燕は聞き返す。

「はい」

「ふうん」

玲燕は相づちを打ちながら、算木を見つめる。

天佑が手配してくれて玲燕付きの女官となった鈴々は、元々天佑の元で働いていたそうだ。きっと今まで、天佑の仕事する姿を色々と見てきたのだろう。

玲燕は気を取り直し、ぐちゃぐちゃになった算木を数字の順に綺麗に並べてゆく。

「あら？　『二』と『七』がないですね」

鈴々が声を上げる。鈴々が言う通り、二と七の場所だけが、ぽっかりと空間になっていた。

鈴々は床に落ちていないかと、周囲を見回す。

「どこへ行ってしまったのでしょう」

「大丈夫。どこに落ちたかは予想が付くから、あとで探しに行くわ」

玲燕はおろおろする鈴々を安心させるようににこりと笑うと、算木が入った木箱に蓋をする。

算木は複雑な計算をするための道具であり、錬金術師の大事な商売道具。ただの木なので特段高価なものではないが、長年使ってきたものなので愛着はある。

「初っぱなから、やってくれるじゃない」

放っておけばいいなんて思ったことを、撤回する。

あの女官達、許すまじ。

「そうそう、玲燕様。早速、甘様からの連絡です。のちほど会いに行くと」

「え？　わかったわ」

玲燕は頷く。

玲燕がここに来たのは、皇帝の妃になるためではない。あやかし事件の真相を解明するためだ。

そのための算段を相談する必要があった。

（でも、会いに行くって、どうやって？）

後宮は皇帝の妻子が住む場所。

光麗国の後宮の出入りはそこまで厳格ではなく、女官であれば出入り可能だ。

しかし、男性となると話は別だ。

皇帝以外の男性は、警備をする武官、宦官や医官など、ごく限られた人間しか立ち入ることが許されない。いくら天佑が皇帝の側近であろうと、自由な出入りなどできないはずだ。

「どうやって来るつもりか知らないけど……何時頃かしら？」

「恐らく、夕刻ではないかと」

「じゃあ、まだ時間はあるわね」

玲燕は外を見る。太陽が沈むにはあと数時間ありそうに見えた。

「さっき落とした算木、探しに行くわ」

玲燕はすっくと立ち上がる。

「お供します」

鈴々も慌てて立ち上がる。

玲燕は鈴々を連れて、先ほど女官に絡まれた場所へと向かった。

「えーっと、この辺のはずだけど……」

玲燕は周囲を見回す。

先ほどまで立ち話をしていた女官達の姿は既になく、辺りには人気がなかった。

「落としたのはこの辺りで間違いありませんか？」

鈴々も周囲を見回し、玲燕に尋ねる。

「ええ。でも、ないわね」

廊下の床面を見る限り、算木の木片はなさそうに見えた。

「ここはあまり具合がよくありません。早く探して戻りましょう」

「具合がよくない？」

どういう意味だろうかと、玲燕は首を傾げる。鈴々は真剣な顔で床を眺めていた。

（廊下にはなさそうね。ということは……）

玲燕は渡り廊下の手摺りから、下の地面を見る。廊下にないなら、地面に落ちた可能性が高いと思ったのだ。

「よく見えないわね。よいしょっと」

玲燕はひょいっと手摺りを飛び越え、地面に降りる。

「玲燕様⁉」

玲燕が地面に降り立ったことに気付いた鈴々がぎょっとして声を上げる。

「探したらすぐ上がるわ」

玲燕はなんでもないことのようにそう言うと、周囲を見回す。すぐに黄土色の木片が落ちているのを見つけた。

「あった」

玲燕はそちらに近づき、算木を拾い上げる。算木の表には『七』を示す記号が書いてあった。

「もうひとつは……」

そのとき、遠くから衣擦れの音と足音が近づいてくるのが聞こえた。

「何をしているの？」

振り返ると、艶やかな長い髪を下ろし、繊細な織り込みが見事な襦裙《じゅくん》を身に纏った少女がいた。背後には、上品な薄黄色の上品な色合いの襦裙を纏った女官を数人従えている。

「これは蓮妃様」

鈴々が慌てたように頭を下げる。

（この子が蓮妃様？）

玲燕は鈴々に倣い頭を下げつつも、目の前の少女を窺い見た。

事前に天佑から渡されていた資料によると、蓮妃は国内有力貴族である明家の姫君だ。まだ十二歳なので本来であれば後宮に入る年齢ではないが、一族に結婚適齢期の姫がいないので後宮入りしたと書かれていた。

（確かに、若いわ）

事前に得ていた情報通り、年齢はまだ十代前半にしか見えなかった。ちょうど視界に映る豪奢な襦裙の裾には、蓮の刺繍が入っていた。

蓮妃は不思議そうな顔をして玲燕達を見下ろす。

「そっちの人も見慣れない顔ね。新入りかしら？」

「こちらのお方は昨日、後宮に参られました菊妃様でございます」

鈴々がかしこまって、玲燕を紹介する。すると、蓮妃は少し驚いたように目を見開いた。

「菊妃様？　あなたが？」

蓮妃は興味津々な様子で玲燕を見つめる。

「はじめまして、蓮妃様。お見苦しいところをお目にかけました」

「別に見苦しくはないわ。渡り廊下から地面に下りるのが見えたから、何をしているのかと思っただけ。どうしてそんなところに？」

「探し物をしておりました」

「探し物？　こんなところで？」

「はい。先ほど、こちらを落としたので」

玲燕は手に持っていた算木を見せる。地面に落ちたせいで、一部が土で汚れていた。

「これは何？　積み木？」

「こちらは算木です。計算をするときに使います」

「ふうん、初めて見たわ」

蓮妃は不思議そうな顔で算木を見つめる。

そのとき、玲燕は蓮妃の後ろに控える女官が手に持っているものに気付いた。

「凧揚げをしたのですか？」

「ええ、そうなの。でも、うまく揚がらなくて」

蓮妃は背後を振り返り、玲燕の視線の先にある凧を見る。

「揚がらない？　少し見てみても？」

玲燕は手摺りに手をかけると、ひょいっと廊下に上る。そして、女官から凧を受け取った。

(飾りの付けすぎだわ。それに、糸を結ぶ位置がよくないわね)

妃の凧だからと気合いを入れてしまったのだろうか。凧には様々な飾りがぶら下がっているせいで重くなっていた。これを揚げるのは一苦労だろう。

「きちんと揚がるように直して差し上げましょうか？」

「本当？　あなたにできるの？」

「はい。よく作っていたので」

「作る？　自分で？」

　蓮妃は目を丸くする。

「すごいのね。陛下が『今度、錬金術が得意な錬金術妃が来るよ』って仰っていたのだけど、本当だわ」

「錬金術妃、ですか……」

　玲燕は苦笑する。随分な渾名《あだな》を付けられたものだ。

「それじゃあ、お願いしてもいい？　郭《かく》氏に聞こうと思っていたのだけど、玲燕様にお願いするわ」

　そこまで言うと、蓮妃はふと言葉を止める。

「それにしても、どうして幽客殿を希望したの？」

「幽客殿？」

「菊花殿のことよ。だって、あそこは幽鬼が出るってみんなが言っているわ」

「幽鬼……」

　玲燕は目をぱちくりとさせる。

　天佑は『目立たないように後宮の端にある殿舎にした』とだけ言っていた。幽鬼の話は一切聞いていない。

（まあ、いいわ）

そもそも玲燕は幽鬼の存在をあまり信じていないので気にならないし、幽鬼が出るという噂が立っている殿舎であれば他の妃も寄りつかないので好都合だ。

「怖くないの？」

おずおずとした様子で蓮妃は玲燕を見つめる。

「大丈夫ですよ。私、あいにく幽鬼は見えませんので」

玲燕はにこりと微笑んだ。


その日の夕刻、菊花殿に内侍省《ないじしょう》から使いが来た。

鈴々から「内侍省の方がお見えになりました」と聞き、玲燕は首を傾げる。

「後宮内で過ごす心構えでも話してくれるのかしら？」

内侍省とは、後宮のことを取り仕切る宦官達が所属する組織だ。

用件が思い当たらないが、尋ねてきた宦官を追い返すわけにもいかない。玲燕はその宦官が待つ部屋へと向かった。

「甘栄祐にございます」

かしこまって挨拶するその人を見たとき、玲燕は目が点になった。

「天佑様、何やってるんですか？」

きっちりと宦官の袍服《ほうぶく》を着て、いつも下ろしている髪の毛は幞頭《ぼくとう》にしまわれているものの、それはどこからどう見ても天佑にしか見えない。

「なんだ。気付かれたか」

天佑は玲燕を見て、口の端を上げる。

「当たり前じゃないですか。どっからどう見ても同一人物です」

「行動する場所と格好が違うから、意外と気付かれないのだがな」

「残念ながら、一瞬でわかりました」

玲燕は真顔で答える。

「今は甘天佑の双子の弟——栄祐ということになっている」

「なるほど、双子ですか。これも、皇帝陛下の命で？」

双子だと言われれば、そうだと思ってしまうかもしれない。しかし、勝手にこんなことをしでかしたら大問題になるはずだ。

「まあ、そうだな」

天佑はなんでもないように頷く。

（どんだけ型破りな皇帝と臣下なのよ！）

平民の玲燕を偽りの妃として後宮に入れるわ、男の臣下に宦官のふりをさせて後宮に送り込むわ、やることが突拍子なさすぎる。玲燕は頭痛がしてくるのを感じた。

「甘様も玲燕様も、お茶でも飲んでくださいませ」

タイミングを見計らったように、鈴々がお茶を淹れる。

香ばしい香りが周囲に漂った。

「わあ、いい匂い」

玲燕が歓声を上げると、鈴々が「甘様からの差し入れですよ」と教える。

「茶の産地、宇利から取り寄せた。気に入ったなら、また取り寄せよう」

「ええ、是非。でも、茶葉では誤魔化されませんからね！」

玲燕はじとっと目の前の人──玲燕をここに送り込んだ張本人である天佑を睨み付ける。

「そう睨むな。誰か妃と交流したのか？」

「先ほど、廊下で蓮妃様とお話ししました」

「蓮妃と？」

「算木を廊下に落としてしまったので探している最中に遭遇したのです」

「算木？　見つかったのか？」

「いえ。『二』が見つかりません。廊下から中庭に下りて探したのに」

玲燕は首を横に振る。

地面を見回しても、算木はひとつしかなかった。

「場所はどこだ？」

「菊花殿から内侍省に向かう途中、梅園殿《ばいえんでん》の手前にある小さな庭園の辺りです。椿の木がある――」

「あそこか。では、もし拾ったという知らせを受けたら、玲燕に届けよう」

天佑は言葉を止め、玲燕を見つめて口の端を上げる。

「なかなか自由に歩き回っているようではないか」

「出歩くなとは言われておりませんので」

「女官達もまさか菊妃本人がぷらぷらと歩き回ってるとは思わないだろうな」

天佑はくくっと笑う。

「幽鬼に憑かれたのではないかと噂が立ちそうだ」

「既に、変わり者の錬金術妃だという噂は立っているようです」

鈴々が口を挟む。

「錬金術妃か。いかにも玲燕にぴったりな名だな」

天佑は楽しげだ。

「全て天佑様のせいですよ！」

玲燕は口を尖らせる。

「悪い悪い」

天佑は鈴々が淹れたお茶を飲む。

会話が一段落したのを見計らい、鈴々が口を開いた。

「それにしても、先ほど通りかかったのが蓮妃様でよかったです。あそこは梅園殿が近いから、梅妃様だったらどうなっていたことか」

「梅妃様だと何か問題が？」

玲燕は鈴々の言い方に引っかかりを覚えて聞き返す。

「梅妃様は良くも悪くも後宮の方なのです。万が一あそこで玲燕様が花の一本でも踏みつぶそうものなら、大変なことになっていました。妃の身分であられるので、さすがに鞭打ちにはならないと思いますが――」

鈴々は肩を竦める。

「良くも悪くも――」

後宮は皇帝のためにある園だ。そこにあるものは、地面に落ちている小石ひとつをとっても皇帝のものであるという考え方をする人も多い。そして、梅妃はそういう考え方をする妃なのだろう。もし女官が花の一本でも手折ろうものなら、鞭打ちにすることも厭わないのかもしれない。

（つまり、妃の身分によって私はある程度守られているってことなのね）

玲燕は茶を啜る天佑を窺い見る。

とんでもないことをしてくれたものだと思ったけれど、彼なりに玲燕を守るために名ばかりの妃の座を用意したのかもしれない。

「まあ、鈴々を付けているからその辺は心配していないが、気をつけることだな」

天佑は茶碗を机に置く。

(どうして『鈴々を付けているから心配していない』なのかしら?)

不思議に思ったものの、玲燕が聞き返す前に天佑が話題を変える。

「さて、本題だ。これを玲燕に」

玲燕は天佑が差し出したものを見る。分厚い資料だ。中身を見なくとも、今回の鬼火騒ぎに関するものだろうと予想が付く。

「再度これまでの目撃情報を元に調査を行った。鬼火が素早く横切ったという証言がある場所のいくつかから、玲燕が見つけたのと同じ棒が新たに見つかっている」

「逆に、それ以外の場所からは見つかっていないということですね」

「ああ、そうだ」

天佑は頷く。

それは即ち、ゆらゆらとひとつの場所に留まっている鬼火が目撃された場所では玲燕が解明した方法とは別の方法で鬼火を熾《おこ》していることを意味する。

「……例えば、釣り糸に鬼火をぶら下げて人が持っているということは考えられないでしょうか?」

「それにしては鬼火の位置が高すぎる。一番高い目撃情報は、十メートル近く上だ。そんな釣り竿を持ち歩く人間がいれば、すぐに誰かが気付くはずだ」

「それもそうですね。周囲に背の高い建物か木があったということは？」

「俺もそれを疑って何カ所か確認したが、周囲には何もなかった」

「何も？　どの場所も何もなかったということですか？」

「そうだ」

天佑は頷く。

「……そうですか」

玲燕は今さっき手渡された資料をぱらりと捲る。

ゆらゆらと揺れる鬼火も、目撃場所が川沿いに集中しているのは同じだ。玲燕が鬼火を目撃した日以降も、二件ほど目撃情報が寄せられていた。

「それと、玲燕から頼まれた通り、前回渡した各家門の情報をさらに詳しく調べたものも後ろに載っている。……これでいいか？」

「はい。まずはこれで十分でございます」

玲燕は頷いた。思った以上に早い情報収集に、感謝する。

「では、俺は戻る。また定期的に会いに来るよ」

「はい。あっ」

「どうした？」

　立ち上がりかけた天佑は動きを止め、玲燕を見る。

「……私から天佑様に会いたいときはどうすれば？」

「そんなに俺に会いたいのか？　見知らぬ場所で寂しくなったか」

　天佑は器用に片眉を上げる。

「連絡経路を確認したいだけです」

　玲燕は表情を変えずに答える。

「だろうな」

　天佑はくくっと笑うと、玲燕の後ろに控える鈴々を指す。

「そちらにいる鈴々に言えば連絡はつく」

「わかりました」

「では、またな」

　天佑は今度こそ部屋を出る。

　玲燕はその後ろ姿を見送ってから、今渡された書類をぱらりと捲る。

　鬼火の犯人捜しは錬金術とは違うが、あらゆる情報を読み解き真理を探るという点では錬金術と似ている。

（なんとか情報を集めて、解決の糸口を探さないと）

玲燕は書類を睨みながら、頭を悩ませたのだった。

◇◇◇

その日、後宮の空に見慣れぬ物体が浮いた。

「あら、あれは何かしら？」

回廊を歩く女官達が口々にそう言い、空を見上げる。

「凧？　蓮桂殿《れんけいでん》からだわ」

赤と黄色の鮮やかな色合いのそれは、優雅に空を舞っていた。

蓮桂殿は後宮の西側に位置する、蓮妃の住む殿舎だ。

その蓮桂殿では、明るい声が響いていた。

「菊妃様、見て！　あんなに高く！」

糸を操りながら得意げにしているのは、この殿舎の主である蓮妃その人だ。

「すごいですね。お見事です」

玲燕は蓮妃を褒めるように、手を叩く。

あの日約束した通り、玲燕は翌日には蓮妃の住む蓮桂殿に凧の手直しに向かった。

過度に付けられた飾りを取り去って軽量化を図り、バランスを取るための尾を付けることで華美さを失わないように調整した。また、軸となる竹棒は最低限の本数にし、糸を結びつける位置は左右の端に対称になるようにした。

　一時間ほどかけて手直ししただけで、凧は面白いように飛ぶようになった。その縁で、蓮妃より蓮桂殿に招かれるようになり、今日もご招待いただいたのだ。

「菊妃様はすごいわね。以前、皇城で凧揚げ大会があったのだけど、もし出場していたら優勝していたかもしれないわね」

「凧揚げ大会？」

「ええ。どの家門が一番高く、安定して凧を揚げられるかを競ったの。郭家が優勝したわ」

「そうなのですか」

　玲燕は相づちを打つ。

（そんな催しがあるのね）

　凧は遊びでも使われるが、主な使い道は軍事目的だ。高く上げることで遠くからでも目視できるので、遠方にいる部隊とのやりとりに使用される。

　なので、凧の優れた技術を持っていることはただ単に『凧を揚げる』という以上に重要な意味を持つ。多くの有力者が錬金術師を囲ってその技術を磨くほどだ。

「蓮妃様が仰る郭氏とは、州刺史《しし》の郭様でございますか？」

「ええ、そうよ。ご子息のひとりが内侍省にいるの」

「なるほど」

天佑から貰った資料から得た知識によると、郭氏は刺史と呼ばれる地方行政を監督する役目を負う職にいる有力貴族だ。刺史は地方の警察や軍事にも多大な影響力を持つので、懇意にする錬金術師がいてもおかしくはない。

「ねえ、菊妃様。よかったら、お茶になさらない？　実家からとても美味しい粉食《ふんしょく》の菓子が届いているの」

蓮妃は爪を操る手を止め、ゆらゆらと落ちる爪を拾い上げると玲燕を見つめる。

「はい、ご一緒させていただきます」

玲燕は微笑む。

菓子は好きだし、玲燕は鬼火事件解決のために色々と情報を集める必要がある。お茶をできるのは願ってもないことだ。

「やったあ！　すぐに準備させるわ。雪《せつ》、お願いできる？」

雪と呼ばれた女官は「はい。すぐに」と笑顔で頷く。

通された部屋には既に茶器が用意されており、よい香りが漂っていた。程なくして雪が運んできた菓子は、蓮妃が言う通り流行の粉食だった。小麦を練った生地を焼き上げて作っており、遠い外国から伝わってきたものだという。

「たくさんあるからいっぱい食べてね」

「ありがとうございます」

玲燕は礼を言い、棒状の生地をねじったような形に焼き上げた菓子をひとついただく。柔らかなそれは甘みを帯びていて、少し苦みのある茶とよく合った。

「美味しいです」

天佑の屋敷に居候するようになってから粉食を何度か食べたが、やっぱり美味しい。故郷の東明にいる頃には一度も食べたことがなかったものだ。

「よかった！」

蓮妃は玲燕の反応を見て、嬉しそうに笑う。

「新しく入宮した方が菊妃様でよかった。すれ違っても口もきいてくれない人もいるから」

蓮妃は菓子を頬張りながら、口を尖らせる。

「そうなのですか」

「そう。陛下にそれを言ったら、気にするなって仰っていたわ」

玲燕は苦笑する。

後宮は皇帝の寵を得るための、女の戦いの場所だ。よその妃に敵対心を持って、そういう態度を取ってしまう妃がいても不思議はないのだが、まだ幼い蓮妃にはそれがわからないのかもしれない。

「皇帝陛下は蓮妃様のことも寝所にお召しに？」

「ええ、もちろん。一、二週間に一度くらいかな。陛下のところに伺った日は、寝るまで一緒に囲碁をするの」

「それは楽しそうですね」

玲燕は口元に笑みを浮かべる。

まさかこの幼い妃に無体なことをしているのかと思ったが、それは杞憂のようだ。話を聞いていて、蓮妃にとっての潤王は『夫』というより『兄』といったほうが感覚的に近いのかもしれないと思った。

「他のお妃様も同じ頻度で？」

「そう思うわ」

頷いてから、蓮妃はハッとしたような顔をする。

「菊妃様もすぐにお召しがあるはずだから、心配しなくて大丈夫よ」

玲燕がまだ召し上げられていないことを不安に思っているとでも思ったのか、蓮妃は必死に励まそうとしてきた。

「ありがとうございます」

偽りの妃である玲燕が寝所に召し上げられることはない。しかし、今それを明かすことはできないので、玲燕は内心で苦笑しつつ無難にそう答えた。

（それにしても、一、二週間に一度か。つまり、ほぼ平等に妃を召しているということね）

鬼火騒ぎの犯人の目的は、恐らく潤王を失脚させて新たな皇帝を立てることだ。元々玲燕は後宮で寵を得ている四人の妃の関係者は犯人ではないと考えていたが、今の話を聞いてやはり違う可能性が高いと感じた。平等に寵を得ているなら、懐妊する可能性も同じ。まだ誰も懐妊していない以上、次の皇帝の母になれる可能性を秘めているのに、潤王を失脚させる理由がない。

「私はまだここに来て日が浅く蓮妃様以外のお妃様と交流がないのですが、皆様どのようなお方ですか？」

「うーん。実はわたくしも、あまり交流がないの。以前、陛下が妃全員を招いて宴会を開いてくださったことがあったのだけど、そのときに、どちらが先に会場に入るかで梅妃様と蘭妃様が喧嘩になって大変だったの。あんな風に言い合いをする方達を見たのは初めてだったたから、近づくのが怖くって」

それとなく探りを入れると、蓮妃は肩を竦める。

「梅妃様と蘭妃様が？」

「ええ。ちょうど会場に入ろうとしていた梅妃様と、あとから来た蘭妃様とが鉢合わせしてしまって。梅妃様は最初に後宮に入宮されているから後宮での発言力は強いけれど、ご実家の身分でいうと一番上は蘭妃様だから――」

蓮妃はそこまで言うと、当時を思い出すように眉を寄せる。

「多分だけど、蘭妃様は梅妃様を怒らせて面白がっていたわ」

「面白がっていた？」

「うん。あのふたり、仲悪いもの」

蓮妃はきっぱりと断言する。

「そうなのですか？」

「ええ。険悪な雰囲気に気付いた桃妃様が仲裁しようとしたけれどおふたりから逆に睨まれて、困り果てていたわ。菊妃様も、梅妃様と蘭妃様にはあまり近づかないほうがいいわよ」

「肝に銘じておきます」

玲燕は相づちを打ちながら頷く。きっと、先ほど蓮妃が言っていた『すれ違っても口もきいてくれない人』とは梅妃か蘭妃のどちらかなのだろう。

鬼火騒ぎの犯人捜しには関係なさそうだが、後宮内での身の振り方を知る上ではとても重要な情報だ。

その日の夕方、約一週間ぶりに菊花殿に天佑がやってきた。

「変わりなく過ごしているか？」

「お陰様で。天佑様は？」

「変わらないな」

その言葉に『鬼火事件の犯人捜しも進展がない』という意味を感じ取る。

「……今日、蓮妃様から色々と面白い話を聞きました」

「面白い話？」

「はい。凧揚げ大会の話や、陛下の夜伽《よとぎ》の話、それに陛下主催の宴席で梅妃様と蘭妃様が喧嘩されたという話です」

「あの事件か」

天佑はその宴席でのことを思い出したのか、苦虫を噛みつぶしたかのような顔をする。

「蘭妃は気が強いきらいがあって、同じく気が強い梅妃とはウマが合わない」

「まあ、ここは後宮ですからね。多少のいがみ合いは致し方ないのでは？　ただ、蓮妃様のお話では、陛下は四人の妃を平等に寝所にお召しになっているとか。それは事実ですか？」

玲燕は天佑に確認する。

「ああ、その通りだ。全ての妃を順番に召している」

「それならば、やはり後宮に入宮している妃の方々の関係者は鬼火事件とは関係ないのではないかと思いました。誰もが皇子を生み皇后となる可能性を持っているのに、潤王を失脚させる理由がありません。ですので、現時点で娘を入宮できていない一族を中心に洗うべきかと思います」

「それもそうだな。再度洗い出してみる」

天佑は頷く。

（敢えて言うなら、蓮妃様だけど……）

潤王は蓮妃を寝所に召しても夜伽は求めていない。今日の様子を見る限り、蓮妃は実家から後宮での暮らしを尋ねられたら素直にそれを話しているだろう。恐らく、父親も蓮妃が仮初めの妃に過ぎないことに気付いているはずだ。

「天佑様。蓮妃様のご実家の明家はどんな家門ですか？　もちろん、事前の資料で鴻《こう》臚《ろ》寺《じ》卿であることは知っておりますが、人となりを知りたいです」

鴻臚寺とは主に諸外国からの使節団の対応を行っている部署で、鴻臚寺卿はそのトップだ。

「明氏の？」

天佑はすぐに玲燕の懸念していることに気付いたようで、顎に手を当てる。

「私も直接一緒に仕事をしたことはないのだが、一緒に仕事した者からは真面目で実直なお方だと聞く」

「そうですか……」

となると、娘が皇后になれない可能性が高いことを察して鬼火騒ぎを起こすとは考えにくい。やはり、犯人は後宮にいる妃達とは関係のない家門の者だろう。

だが、玲燕にはひとつ気になることがあった。

「先日天佑様にいただいた資料を見返していて気付いたのですが、過去に一度だけ宮城の内部で鬼火騒ぎが起きていますね」

「ああ、その通りだ」

天佑は頷く。

目撃されたのは鬼火騒ぎが起きたまだ初期の頃の、たった一度だけだ。そして場所はここ菊花殿。天佑はそういうことも含めて、玲燕の滞在先にこの菊花殿を選んだのだろう。

この事実は、ひとつの重要な意味を持つ。

犯人は後宮に入れる立場にあるということだ。だからこそ天祐は、玲燕を後宮に潜入させた。

「妃の関係者でないとなると、宦官かしら?」

　玲燕は顎に手を当て、独り言つ。

「その可能性も考えて、調べている」

「お願いします。あとひとつ、お願いがあります」

「お願い?　なんだ?」

「鬼火は皇城内でも目撃情報があります。その現場が見てみたいです」

「後宮から出たいということか?」

　天佑は片眉を上げる。

(やっぱり無理かしら?)

　妃が後宮から出るのは、宴席への参加を特別に許された場合や保養地に向かう場合など、ごく限られている。

　だめ元で言ってみたもののやはり無理だったかと思ったそのとき、「わかった。なんとかしよう」と声がした。

「できるのですか⁉」

　できないと思っていただけに、玲燕は驚いて聞き返す。

「そういうことをなんとかするのが、俺の役目なのだろう?」

　涼やかな眼差しをまっすぐに返されて、玲燕はきょとんと天佑を見返す。

（もしかして天佑様って……、すごい負けず嫌いっ！）

鬼火騒ぎの犯人捜しに協力してほしいと要請されたときに玲燕が放った『そこをなんとかするのが天佑様の役目でしょう？』という言葉を根に持っているのは明らかだ。

「手はずが整ったら、連絡する」

そう言って立ち上がった天佑は、ふと何かを思い出したように動きを止める。

「ああ、あとこれを。忘れるところだった」

天佑が懐から何かを取り出す。差し出されたのは紺色の布袋だった。受け取ってみると、ずしりと重い。

「なんですか、これ？」

「俸禄《ほうろく》だ」

「俸禄？」

玲燕は布袋を見た。

（偽の妃なのに、そんなものを受け取ってしまっていいのかな？）

俸禄とは、妃を含め官職に就く者達に支給される給与のことだ。

玲燕は恐る恐るその袋を開ける。中には銀貨が何枚か入っているのが見えた。

「こ、こんなに⁉」

（もしかして、一年間くらい解決できないと思われて先払い⁉）

玲燕はびっくりして布袋を閉じる。

「それでひと月分だ」

「ひと月！」

驚いて、思わず大きな声を上げる。これだけあれば、玲燕なら一年間は暮らせる。

「こんなに貰えません」

「俸禄は決められたものだ。それに、金はなくて困ることはあれど、持っていて困ることはない。受け取っておけ」

天佑はふっと笑うと、その場をあとにした。

◆第三章　皇城

　後宮に入りこんで早二週間。

　今まで楽な故服ばかり着ていたので襦裙はなかなか着慣れない。胡服を着ようとすると、鈴々に止められてしまうのだ。

「あら、玲燕！　どこに行くの？」

　後ろから声をかけられ、玲燕は振り返る。

　そこには、色鮮やかな桃色の襦裙に身を包んだ女官がいた。桃色の衣装の襟元には桃の花が刺繍されており、桃林殿《とうりんでん》に勤めていることを表していた。

　この人は桃林殿に住む桃妃付きの女官、翠蘭《すいらん》だ。

「内侍省に用事があって、参るところです」

「そうなんだ。ねえ、ちょうど珍しいおやつがあるから、玲燕にもひとつあげるわ」

　翠蘭は手に持っていたお盆の上に載る小箱を開けると、ひとつ玲燕に差し出す。

「荔枝《ライチ》でございますか」

「あら。なんだ、知っていたのね」

　少しがっかりしたように翠蘭が口を尖らせたので、玲燕は口元を綻ばせた。

「故郷に、茘枝の木があったのです」

「茘枝の木？　まあ、桃妃様とご一緒ね」

「桃妃様のご生家には茘枝の木が？」

「そうよ。これは、桃妃様のご実家から一本持ってきて、桃林殿に植えた木に実ったものなの」

「どうりで。真っ赤で、採れたての色をしております。こんな季節に珍しいですね」

玲燕は翠蘭から手渡された茘枝を見つめる。

その丸々とした実は、真っ赤に色づいていた。

茘枝は傷みが早く、もぎ取ってから一日で色が茶色く変色してしまう。このように真っ赤な茘枝は、もぎたての証拠だ。

故郷の東明にある林にも茘枝の木があり、毎年実っているのを見かけるともぎ取って食べたものだ。

ただ、玲燕の記憶では茘枝の季節は夏だ。

既に秋も深まってきたこの季節には珍しい。

「これは実りの季節が少し遅い品種なの」

「そうなのですね。茘枝は貴重なのに、私などに渡してしまって翠蘭様が叱られませんか？」

玲燕が茘枝を食べていたのはたまたま近くの林に茘枝の木が生えていたためだ。

光麗国では、茘枝は高価な食材とされている。勝手に渡してしまっては、翠蘭がお咎めを受けるのではないかと心配になった。

「あら、大丈夫よ。桃妃様はとてもお優しいのよ。こういうお菓子や果物が余ったときは、『あなた達で食べなさい』って言って分けてくれるの。これも、沢山採れたから皆さんにお配りするよう言われて女官仲間に持っていくところ」

翠蘭は笑って片手を振ると、辺りを見回してから少しだけ玲燕に顔を寄せた。

「その点、梅園殿は大変よ」

「何かあったのですか？」

玲燕は興味を引かれて聞き返した。

「梅妃様は最初に後宮にいらしたでしょう？　もう一年半も経つのに未だにご懐妊されないから、ご実家からせっつかれていてすごくイライラしているみたい」

「ああ、なるほど」

後宮は女の戦いの場だ。

誰が一番、皇帝の寵を得るか、そして、誰が最初に皇子となる男児を産むのか。皆が常に競い合っている。

最初に後宮入りした分、梅妃が受けた実家からの期待はさぞかし大きかったことだろう。子は授かり物としか言いようがないので、少し気の毒に思える。

「そういえば、菊妃様はどんなお方なの？　私、一度もお見かけしたことがないわ」

「え？」

翠蘭は興味津々の様子で、言葉に詰まる玲燕を見つめる。

目の前にいる玲燕こそ菊妃その人なのだが、玲燕がいつも女官にしか見えない格好で歩き回っているので完全にただの侍女だと思い込んでいるのだ。

「桃妃様も、すごく菊妃様に会いたがっているのよ。侍女達が噂話をするものだから、どんな人かと興味津々なの。錬金術がお好きなんでしょう？」

「さようですか」

玲燕は答えながら、苦笑する。

お茶をするのは構わないが、玲燕が菊妃だと知られたらさすがにびっくりされてしまうかもしれない。

しばらく立ち話していると、廊下の奥から誰かが歩いてくる足音が聞こえた。翠蘭は慌てたように「あ、そろそろ行くね」と言い立ち去る。

その後ろ姿を見送っていると、背後から名を呼ばれた。

「玲燕」

振り返ると、そこには天佑が立っていた。

「あれ？　天……栄祐様、どうされたのですか？」

「どうしたもこうしたもあるか。なかなか戻ってこないから、どこに行ったのかと思ったぞ」

眉を寄せる天佑を見上げ、玲燕は目をぱちくりとさせる。さほど長く話し込んでいたつもりもなかったのだが、そんなに時間が経っていただろうか？

「申し訳ありません」

「もうよい。急いで準備するぞ。皇城の現場を見たいのだろう？」

はあっと息をつくと、天佑は玲燕の隣をすり抜けて歩き出す。玲燕は慌ててその背を追った。

先日、玲燕は天佑に『皇城内で鬼火が現れた現場を見たい』と願い出た。そのため、天佑がその算段を付けてくれたのだ。

菊花殿に戻ると、天佑に「これを」と手渡された。

広げてみると、それは袍服だった。

「なんですか、これは」

「見ての通り、袍服だ」

真顔で答える天佑の様子に、嫌な予感がする。

「まさか、私に男装せよと？」

「俺に丸一日以上少年だと勘違いさせたぐらいだ。官吏になりきるのもお手の物だろう」

天佑は腕を組み、玲燕を見る。

嫌な予感は的中だった。

「しかし、どこから後宮の外に出るつもりですか？」

「なんのためにお前を幽鬼が出ると噂の菊花殿に入れたと思っている」

「幽鬼が出ると噂があるから人が近づかないからでは？」

玲燕は首を傾げる。

「それもひとつの理由ではある」

天佑は部屋に面した中庭に出ると、井戸の横にある石灯籠の前に立った。両手で石灯籠を押すと、それはゆっくりとずれた。その下にはぽっかりと空洞が開いている。

「……これは、秘密通路でございますか？」

玲燕は真っ暗な暗闇が広がる穴の入り口を見る。

万が一に備えて皇帝が住む場所にはいくつかの秘密通路があることは公然の事実だが、一体どこにあるのかは完全に伏せられている。これは、後宮の中にあるいくつかの秘密通路のひとつなのだろう。

「もしかして、菊花殿に幽鬼が出るという噂は意図的に？」

玲燕は自分の近くに戻ってきた天佑に尋ねる。

「ここで人が死んだというのは事実だ」

「……聞かなければよかった」

「怖いのか？」

天佑はにやりと笑い、意味ありげに玲燕を見返す。

「残念ながら、全く怖くありません」

「なんだ、つまらんな」

玲燕がしれっと答えると、天佑はすんと鼻を鳴らす。

「…………」

玲燕はじとっと天佑を睨む。

天佑との付き合いはまだ短いが、ここで「怖い」などと言えばずっと揶揄《からか》われるのが目に見えている。

（本当に、なかなかいい性格しているわよね）

玲燕の視線に気付いた天佑が玲燕を見て視線が絡むと、天佑は顎をしゃくった。

「あまり時間がない。着替えてきてくれ。俺も官服に姿を変える」

「あ、そうですね。わかりました」

玲燕が慌てて立ち上がりかけたそのとき、ころころと丸い実が床に転がり落ちた。

先ほど、廊下で出会った女官にお裾分けしてもらい、玲燕が懐に入れていた茘枝だ。

「あ、いけない」

「これは？　茘枝か？」

天佑は赤い実を拾い上げると不思議そうに見つめる。

「あ、はい。先ほど、いただいたのです」

「先ほど？」

「はい。桃妃様付きの女官に。桃妃様のご実家から持ってきて桃林殿に植えた木が実ったと」

「へえ、桃林殿の茘枝なのか」

天佑は手のひらで転がしていた茘枝をまじまじと眺め、その皮を器用に剥く。そして、何を思ったのか中身を口の中に放り込んだ。

「え⁉」

まさか落としたものを口にするとは思っていなかった。驚く玲燕に対し、天佑は平然としている。

「本当だ。懐かしい味がする」

「……懐かしい？　天佑様は昔、茘枝をよく食べたのですか？」

「ああ、そうだな」

天佑はそれ以上話すことなく口を噤《つぐ》み、玲燕も突っ込んでは聞かなかった。

隣の部屋に移動して素早く衣装を替える。おずおずと戸を開けると、天佑は既に官吏──甘天佑になっていた。

「足元が悪いから気をつけろよ。鈴々、少しの間留守は頼む」

天佑は石灯籠の下に開いていた穴に先に下りながら、玲燕と鈴々に声をかける。

「はい、お任せください！」

鈴々が力強く頷くのを見届け、天佑はひらりと地下へと下りていった。


真っ暗な坑道のような、けれど坑道と呼ぶには狭すぎる通路を案内されて行き着いた先は、倉庫のような部屋だった。

いくつも並ぶ棚には、丸められた竹簡《ちくかん》がぎっしりと詰まっている。反対側を見ると、紙の巻物がいくつも積まれていた。

「ここは、書物庫ですか？」

「そうだ。光琳学士院《こうりんがくしいん》の持つ書庫のひとつだ」

「光琳学士院……」

光琳学士院は書物の編纂、詔勅の起草などを行う皇帝直轄の部署だ。官吏登用試験で特に優秀な成績を収めた者が配属される場所としても知られる。そして、天嶮学士であった父――秀燕が働いていた部署でもあった。

（ここでお父様が――）

玲燕は周囲を見回す。

ここは倉庫なので実際にここで働いていたわけではないだろうが、仕事でここに来ることはあったかもしれない。

置かれている竹簡や巻物はかなりの年季が入っているように見えるが、手入れが行き届いており埃などは被っていなかった。

「玲燕、行くぞ」

天佑に呼ばれ、玲燕ははっとする。

（いけない。ぼーっとしちゃった）

無意識に、ちょっとした感傷に浸って辺りを眺めてしまった。

「はい」

閉じていた書庫の扉が開かれ、玲燕は眩しさに目を眇《すが》めた。

玲燕は、慣れた様子で歩く天佑のあとを追う。途中で何人かの官吏とすれ違ったが、玲燕が男装している妃であるとばれることはなかった。皇城には数多の官吏や女官がいる。その全員の顔まで、いちいち覚えていないのだろう。

光麗国の官吏は身分を示すため、皇城内では腰帯を身に着けるのだが、それも天佑が貸してくれたので疑われることもなかった。

書物庫から五分ほど歩いただろうか。天佑が立ち止まる。

「わっ」

よそ見をしていた玲燕は天佑の背中にぶつかり、顔を打つ。

「痛たた……」

「何をしている。ちゃんと前を見ろ」

「天佑様が突然立ち止まるからではないですか」

呆れたような眼差しを向けられてムッとした玲燕は抗議する。

「到着したから立ち止まったんだ。ここだ」

「え？」

玲燕は天佑の向こう側に目を向ける。

回廊は行き止まりになっており、一番端はちょっとした四阿《あずまや》のようになっていた。周囲には人工の池があり、水の中を鯉が気持ちよさそうに泳ぎ回っている。池の向こう側にはこぢんまりした庭園があり、高さ三メートルほどの木が植えられているのが見えた。

「あちらの庭園にはどうやったら行けますか？」

「庭園？　見ての通り、この池には橋がない。向こう側に行きたかったら、回廊の元来た道を戻ってぐるりと回らないとだな」

「あの建物はなんですか？」

玲燕は庭園のすぐ横に建つ、平屋建ての建物を指さす。池にせり出すように、大広間があるのが見える。

「あれは、昭園閣《しょうえんかく》──宴会場だ。大人数の宴席が催される際に利用される」

「つまり、宴席がなければ誰も使わない？」

「その通りだ」

天佑は頷く。

玲燕は手すりに手をかけ、改めて池の向こう側を眺める。距離にして十メートルほどある。夜間に黒い服を着た人間がいたとしても、認識できないだろう。

「状況はよくわかりました。ありがとうございます」

「ああ。菊花殿に戻る前に、ひとつだけ所用を済ませてもよいか？」

「もちろんです」

「助かる。届け物をしなくてはならなくてな」

天佑はそれだけ言うと、元来た廊下を歩き始めた。

一旦、天佑は執務室がある吏部に届け物を取りに行き、またすぐに部屋を出た。

「どこに行くのですか？」

後ろをついていきながら、玲燕は尋ねる。

「礼部《れいぶ》だ」

「礼部」

礼部とは、光麗国における祭礼、祭祀《さいし》の中心機関だ。この他に、教育や外交なども担っており、官吏になるための最初の試験の主催は礼部だ。

いくつかの渡り廊下を抜けた先には、先ほど行った吏部に似た大きな四角い建物が見えた。

天佑は慣れた調子で、入口を開く。天佑の肩越しに中を覗くと、沢山の官吏達が何やら書類とにらめっこしているのが見えた。

「雲流。書類を届けに来たぞ」

天佑がそのうちのひとり、若い男に話しかける。書類を睨んでいた官吏——李雲流《りうんりゅう》ははたと顔を上げた。

「これは、天佑ではないか。珍しい奴が現れたな」

雲流はにこやかな笑みを浮かべると立ち上がり、天佑から書類を受け取る。そして、その場で中身を確認した。

「今年、ここに配属される官吏の一覧か。しかと受け取った」

「ああ、頼む」

天佑は軽く片手を上げる。

「体調を崩したと聞いたときは心配したが、すっかり元気なのか？」

「ああ。もう、心配ない」

天佑は口元に微笑を浮かべる。

（体調？）

天佑は以前、体調を崩していたのだろうか。ふたりのやりとりを聞いていると、どうやらそのようだと窺えた。

そのとき、背後の入り口が開く音がした。

「これはこれは、珍しい方がいるものだ」

パタンと扉が閉まる音と共に、しわがれた声がした。

玲燕は入り口のほうを振り返る。そこには、濃い紫色の袍服に身を包んだ壮年の男性が立っていた。顎には立派な髭を蓄えている。

「甘殿自らがここにお越しになるとは。ついにこちらの意見に賛成してくれるということかな？」

天佑はその男を見て、にっこりと笑みを浮かべた。

「これは、高《こう》殿。あいにくですが、新任の官吏の名簿を届けに来ただけです」

「そんな雑用を吏部侍郎であられる甘殿自らがなさるとは、よほど吏部はお暇らしい。

いやいや、羨ましい限りですな」

きつい皮肉を織り交ぜ、男は天佑の隣にいた玲燕に視線を移した。

「見慣れない顔だが、若手の官吏か？　君もそんな閑職ではなく、礼部に来たらどうかね」

玲燕は目の前にいる男を、まっすぐに見返す。

年齢は五十代だろうか。髪や髭にはだいぶ白髪が交じっていた。

濃い紫色の袍服はかなりの高位であることを表しており、腰帯には帯銙と呼ばれる飾りがたくさん付いていた。

（礼部でかなりの高位で高氏というと――）

玲燕の知識から導き出される人物はひとり。礼部のトップ、礼部向書《れいほうしようしよ》である高宗平《こうそうへい》だ。

「大変ありがたいお話ではありますが、私は甘様を尊敬しておりまして是非その下で働きたいと思っております。人事を扱う吏部では人脈こそ最大の宝。どんなに忙しくとも、足を運ぶ手間を厭うべきではありません」

きつい皮肉にひるむことなく、玲燕はにっこりと微笑む。

高宗平はぴくりと眉を動かした。

「甘様、戻りましょう」

玲燕は天佑に声をかける。

「そうだな」

ふたりは一礼し、その場をあとにした。


自分の執務室に戻った天佑は、椅子にどさりと座った。

玲燕はその様子を、静かに見つめる。

「天佑様は高様とあまり仲がよろしくないのですか？」

「仲がよくないというか……、あの嫌みは疲れるだろう。立場的に聞かぬわけにもいかぬ」

「そういうことですか」

玲燕は相づちを打つ。

礼部のトップである高宗平の品位は天佑より上だ。天佑の言う通り、彼を無下にするわけにはいかないだろう。

ねちねちとした嫌みは聞いているだけで精神的な体力をそぎ取るものだ。

「先ほど高様が仰っていた〝こちらの意見〟とはなんですか？」

玲燕は尋ねる。先ほど高宗平は、天佑に向かって『ついにこちらの意見に賛成してくれるということかな？』と言っていた。

「例の鬼火騒ぎを鎮めるために、国家を挙げて大規模な祈祷を行うべきだと主張している」

「ああ、なるほど……」

玲燕は肩を竦める。

鬼火があやかしの仕業であるならば、祈祷で鎮めるほかない。

そして、もしも祈祷をするならば、取り仕切るのは礼部の役目だ。

実際には鬼火はあやかしの仕業ではないが、犯人捜しをするためにそれは公にはされていない。

高宗平はきっと、あの鬼火はあやかしの仕業であると信じているのだろう。

（高様としては、皇帝陛下を心配してそのような進言をしているのかもしれないわね）

けれど天佑からすると、それを認めると『潤王が皇帝として相応しくないと天帝が怒っている』という噂話を天佑も信じていると周囲から捉えられかねない。なので、同意するわけにはいかないのだろう。

ちょうどそのとき、部屋の扉をノックする音がした。

「失礼いたします。軽食の甘味をお持ちしました」

声がけと共に入室した女官はおやつの載った盆を持っていた。部屋を与えられるほどの高品位になると、昼食以外に一日二回の甘味が運ばれるのだ。

「そこに置いてくれ」

天佑が机の端を指さす。

「はい」

しっかりと化粧をした女官は顔を見ることもなく要件のみを言う天佑をうっとりと見つめ、頬を染める。そして、同じ部屋にいる玲燕に視線を移したので、玲燕はにこりと微笑み返した。女官は目をぱちくりと瞬かせると、にこりと笑った。

女官は皿を言われた場所に置くと、頭を下げて部屋を出る。

そのタイミングを見計らい、天佑が口を開く。

「玲燕もあのような顔をするのだな」

「あのような顔？」

「にこりと笑っていた」

「私をなんだと思っているのです。笑うことだってあります」

「ふうん。俺には見せない」

「見せる必要がないので」

玲燕は素っ気なく言い放つ。

「そう言われると、見たくなるな」

「天邪鬼ですか」

玲燕がじろっと睨むと、天佑はふっと笑って先ほど女官が用意した皿を視線で指す。

「先ほど茘枝を取ってしまったから、代わりにそれは好きなだけ食べるとよい」

「本当ですか？」

玲燕は思わぬ申し出に、目を輝かせる。

皿に載せられていたのは、胡麻餡がたっぷりと詰まった胡麻餅と乾燥した棗《なつめ》がふたつだった。

「あ、でも……」

玲燕は胡麻餅に伸ばしかけた手を引く。この胡麻餅と棗はそれなりに値が張る物のはずだ。茘枝一粒に対する礼としては、貰いすぎな気がする。

「なんだ、遠慮しているのか？」

「貰いすぎなのではないかと」

「遠慮するな。玲燕はおかしなところで気を使うのだな。先ほどは高氏にあれだけ堂々と言い返し、視線を送る女官に笑顔で会釈を返していたのに」

「高様の件は、ああ言わないとずっと話が続きそうだったではありませんか。それに、目が合ったら挨拶するのは、最低限の礼儀でございます」

「その通りだな。だから、俺は話す必要がない人間とは目を合わせない。これからは、女官への挨拶役は全て玲燕に任せよう」

天佑は愉快そうに笑う。

どこか揶揄っているような様子に玲燕が言い返そうとしたそのとき、第三者の声が割り込んできた。

「これは、楽しそうだな。俺も交ぜてくれ」

ふと見れば、部屋の入口に見知らぬ人影があった。片手を扉枠に預け、こちらを見つめている。

玲燕は突然現れたその人物を呆けたように見上げた。

しっかりとした上がり眉、まっすぐに人を射貫くような目つき、えらの張った顎は男らしい凛々しさがある。背が高くがっしりとしたその姿はまるで軍人のようだが、服装は上衣下裳を着ている。その少しくすんだ黄色の上衣下裳の全体に細やかな文様が入っており、一目で絹の高級品だとわかった。

男は玲燕と目が合うと、少し意外そうに片眉を上げ、上から下まで視線を移動させる。

「本当に、若いな。それに、よく見れば女だ。どんな仙人のような老師が現れるのかと思っていたが」

「だから、若い女性だと言ったではないですか」

「実際にこの目で見るまでは信じられなかったのだ」

男はつかつかと部屋に入ると、おもむろに椅子を引き玲燕と同じ机に向かった。

「力試し？」

「力試しをしてみたい」

玲燕は男を見返す。

「そうだな——」

男は周囲を見回し、たまたま目に入った皿に載った胡麻餅に手を伸ばした。

「角度計を使わずしてこの胡麻餅を喧嘩がないようにきっちりと三等分にせよと言われたら、どのように分ける？」

玲燕は丸い胡麻餅をじっと見つめてから顔を上げ、男を見た。

「棒は三本ありますか？」

「これでよいか？」

男は近くにあった竹ひごを三本、玲燕に手渡した。

「ありがとうございます。正確に切るならば、こうです」

玲燕は二本の竹ひごを胡麻餅のちょうど中心辺りで直角に交差させるように置き、もう一本は餅の縁と中心のちょうど中間地点に、既に置かれた竹ひごの一本と平行になるように置く。そして、最後に置いた竹ひごと餅の縁が接する二点を指さした。

「この二点から中央に向かって切り、最後にこの鉛直に置かれた竹ひごに沿って中心まで切れば、綺麗な三等分です」

天佑はそこからその胡麻餅を覗き込む。確かに玲燕の言う通りに切れば、美しい三等分になる。

「ただ、この方法は道具——今で言うと竹ひごが必要で面倒なので、私ならやりませんね」

「ほう。では、どのように切る？」

男は興味深げに玲燕に聞き返す。

「では、試しにあなた様が三分の一を切りとってみてください」

「こうか？」

男はナイフで胡麻餅に二カ所切れ目を入れて、目測の三分の一を切り取った。

「では、今度は天佑様。大きいほうを二等分してください」

「わかった」

玲燕に促された天佑は、ナイフを手に取るとそれを半分に切る。

三つに切られた胡麻餅はほぼ等分に見えるが、よく見ると微妙に大きさが違う。

「では、私はこれをいただきます」

そう言うと、玲燕はその中で一番大きい胡麻餅を手に取り、口に放り込む。

そして、玲燕の行動に唖然とする男ににこりと笑いかけた。

「では、次は陛下がお取りください。ご自分達で三等分に切り分けたのだから、不満などないでしょう？」

それを聞いた途端、男は耐えきれぬ様子で笑いだした。

「ははっ！　なるほど、これは面白い奴だ。それに、よく俺が皇帝だと気付いたな？」

「見ればわかります」

「どの辺で？　わざわざ、普通の袍服を着てきたのに」

男――変装姿の潤王は自分の着ている袍服を指さす。

「まず、吏部侍郎であられる天佑様の部屋にノックもなしに入ってきたこと。すぐに高位の身分だとわかりますが、そのくせ高い身分を表す色の袍服を着ているわけでなければ、腰に革帯もしていらっしゃらない。なのに、刀をぶら下げるというちぐはぐさ。さらに、髪に薄らと冕冠《べんかん》を被っていた跡が付いている。もう、『私は皇帝です』と言っているようなものです。そして決定的なことがひとつ。天佑様にしか言っていないはずの私が錬金術師、かつ女であるという事実を、あなた様は知っていました。そうでなければあのようなおかしな質問を突然したりはしないでしょう？」

淡々とした玲燕の解説に潤王は目を丸くしたが、再び声を上げて笑い出す。

「これは見事だ。さすが天佑が連れてきただけはある」

そのやりとりを眺めていた天佑は、会話が一旦途切れたタイミングを見計らっておもむろに口を開く。

「英明《えいめい》様。改めてご紹介いたします。こちらが錬金術師の葉玲燕殿です」

英明とは、潤王の真名だ。それを呼ぶことを許されるとは、よほど天佑は皇帝の覚えめでたいのだろうと玲燕は悟った。

一方の潤王は、ふむと頷いた。

「玲燕か。玲は美しさを、燕は安らぎを意味する。よい名だ」

「お褒めいただき、ありがたき幸せにございます」

玲燕は深々と頭を下げる。

「ところで、鬼火の犯人捜しは進んでいるか？」

潤王と視線が絡む。

口元は穏やかに微笑んでいるが、じっとこちらを見つめる瞳の眼光は鋭い。玲燕の能力を見極めようとしているように見えた。

「まだです」

玲燕は首を横に振る。

「解決に向けて、何か希望はあるか？」

「できるだけ多くの、疑わしき人々の情報が欲しいです。あとは――」

玲燕は口ごもる。

「なんだ？　言ってみろ」

潤王は逡巡する玲燕の迷いを断ち切るように、先を促す。

「僭越《せんえつ》ながら申し上げます。私が謎を解明する際は、多くの人の前で推理を披露したいと思います」

「ほう？　なぜだ？」

「私の錬金術は天嶮学の系統をなすもの。天嶮学がまがいものではないと知らしめるためです」

玲燕はまっすぐに潤王を見つめる。

偽りの妃である玲燕が皇帝を凝視することは本来あってはならない不敬だが、玲燕はそれをわかっていて敢えて潤王を見つめた。

潤王は驚いたように僅かに目を見張る。そして、口元をふっと綻ばせた。

「天嶮学がまがいものでないことを、か。なるほど。お前の意志はよくわかった」

よいともだめだとも言わない返事だった。しかし、少なくとも拒否ではないと玲燕は受け取った。

「楽しかった。また今度会おう。天佑も、邪魔したな」

潤王は片手を上げ、立ち上がる。

その後ろ姿を、玲燕はしばし見つめる。完全に背中が見えなくなったところで、どっと肩から力が抜けるのを感じた。

「驚いた……。陛下は……その、なんというか。型破りな方ですね」

ただの官吏のふりをしてふらりと臣下の元を訪れたり、天佑に〝宦官の栄祐〟という偽の身分を与えたり。潤王の普段の仕事ぶりは直接目にしたことがないが、『皇帝らしくない』という反対派が多いのも頷ける。

「驚いていた割には、随分と堂々と話しているように見えたが」

天佑は笑う。

「それにしても、天佑様は随分と陛下から信頼されているのですね。後宮との秘密通路も知っているし」

「あのお方とは付き合いが長いから」

「ふうん。……そういえば、先ほど礼部の雲流様が天佑様の体調を気遣っておられましたが、どうかされたのですか？」

玲燕が知り合ってからの天佑は健康そのものだ。連日職場に泊まり込むほどの仕事ぶりは、病気とは無縁に見える。

玲燕は不思議に思い、天佑に尋ねる。

「まあ、そうだな」

天佑はふいっと玲燕から視線を逸らす。その様子におやっと思った。

(もしかして、今も体調が万全でない?)

天佑は自分の過去を玲燕に話したがらない。

心配になった玲燕は「もう体調は——」と口を開きかけるが、すぐにむぐっと言葉を詰まらせた。天佑に、先ほど切った胡麻餅を口に突っ込まれたのだ。

「ほら、食べろ。先ほどの茘枝の代わりだ」

「にゃにふぉふふほうぇしゅは!」

「ん?」

天佑は首を傾げる。

玲燕は口に入れられた餅をもぐもぐと咀嚼《そしゃく》し、お茶と共にゴクンと飲み込んだ。

「何をするのですか!」

「茘枝に負けないくらい旨いだろう?」

頬を膨らませる玲燕を見つめ、天佑はまた楽しげに笑ったのだった。

◇　◇　◇

パチン、と碁石を置く小気味よい音が鳴る。

碁盤を見つめる潤王は、腕を組んだ。

「囲碁はあまりたしなまないという割には、なかなかやるな」

「お褒めにあずかり光栄にございます」

玲燕は表情を変えず、頭を少し下げる。その様子を見つめ、潤王はふっと表情を和らげた。

「だが、まだまだだな」

パチン、と碁石を置く音がまた響く。碁盤を見る玲燕は眉根を僅かに寄せた。

（蓮妃様から陛下は囲碁が強いとは聞いていたけど、あながちお世辞ではないようね）

菊花殿にいた玲燕の元に見慣れぬ宦官達が訪れたのは、つい数時間ほど前のこと。

『菊妃様。今宵、陛下の夜伽のお相手に選ばれましたこと、お喜び申し上げます。つきましては、夜伽の作法についてご説明させていただきます』

かしこまってそう告げた宦官を見つめたまま、玲燕は暫し動きを止める。

『……何かの間違いでは？』

数十秒の沈黙ののちに口を出たのは、そんな台詞だった。なぜなら、玲燕は偽りの妃であり自分が夜伽に召されることなど絶対にないと高をくくっていたから。

『お喜びのあまり驚かれるのはよくわかりますが、間違いではございません。陛下がお悦びになられるよう、精一杯お勤めなさってください』

『えっと……、内侍省の栄祐様にお目にかかることはできる？』

『栄祐殿は生憎《あいにく》、本日はお休みにございます』

玲燕は遠い目をする。

（今日は天佑の日なのね……）

あの人に休みなどない。栄祐が休みというなら、天佑として働いているのだろう。

『実は私、本日体調が――』

『それでは、早速準備にかかりましょう』

玲燕の仮病の言い訳を述べる間もなく、前に立つ宦官がパチンと合図の手を叩く。

『そこの女官、手伝いを』

『はい、お任せくださいませ』

なぜか鈴々まで普通に準備しようとする。

『えっ、ちょっと』

そんなこんなで、玲燕は潤王の夜伽の間に強制連行されたのだった。

「それにしても、皇帝の夜伽に召されて他の男の名を呼びながら脱走しようとする妃など、前代未聞だぞ」

「契約外案件が発生するかと思ったのです」

「それは期待を裏切って悪かった」

くくっと潤王が笑う。

「それで、今日はどうして私を？　まさか、夜通し囲碁を打つために呼び出したわけではないでしょう？」

玲燕は囲碁盤を挟んで向かい合う潤王を見つめる。

「どう思う？」

潤王は質問に答えることなく、逆に玲燕に問い返してきた。

玲燕ははあっと息を吐く。

「先日、天佑様から渡された資料類を読んでいたときに知ったのですが、陛下は幼い頃、宋家にいらっしゃったのですね」

幼い皇子達が貴族の家で一定期間を過ごすのは、光麗国ではよく見られる風習だ。

「私の予想では、桃妃様をお守りするためです」

「なぜそう思う？」

「私を夜伽に呼びながら、夜伽を求めなかったからです」

玲燕は潤王をまっすぐに見返した。

「陛下の皇位継承権は、元々さほど高くありませんでした。大明で疫病が流行って皇子達が次々と亡くなる前は、陛下が皇帝になるなど誰も予想しておりませんでした。当時、陛下は宋家に婿入りすることになっていたのではないですか？」

潤王が預けられていた宋家は地方の有力貴族であり、桃妃の実家でもある。

一夫多妻制が敷かれる後宮では多くの男児が産まれるが、皇帝になれるのはひとりのみ。残りの皇子は多くの場合、国内各地の貴族のもとに婿入りする。そして、婿入り先の筆頭候補になるのは幼いときに預けられた貴族であることが多い。

玲燕は、潤王もその慣例に則り、宋家に婿入りすることが決まっていたのではないかと予想したのだ。

「私は不思議だったのです。なぜ、おひとりだけご実家の身分が劣る桃妃様を妃として娶《めと》ったのだろうと。陛下は、梅妃様、蓮妃様、蘭妃様の三人は政権安定のために、桃妃様だけは私情で娶ったのではないですか？」

潤王には現在、玲燕を除けば四人の妃がいる。梅妃、蓮妃、蘭妃、桃妃だ。そのうち桃妃を除く三人はいずれも国内有数の有力貴族の娘であり、桃妃だけ出身が見劣りする。

以前、潤王は全ての妃を平等に夜伽に呼ぶと蓮妃から聞いたことがある。どうしてまだ子供としか言えないような年頃の蓮妃まで平等に夜伽に呼ぶのか。そして、偽りの妃である玲燕まで。玲燕を夜伽に呼ばなくても抗議する貴族などいないのに。

しかし、全ては桃妃を少しでも多く呼ぶためだと考えれば納得がいく。

妃の中で最も位が高い皇后の地位は未だに空席。最初に皇子を身ごもった妃がこの座を射止めるであろうとされているが、懐妊の兆しが見える妃は今のところいない。

そのため、妃達は一夜でも多く、夜伽に召されることを望んでいる。

女の妬みは、ときに身を滅ぼすほどの恐ろしさを孕《はら》んでいる。

全ての妃を平等に召すのは、四人を平等に扱っていると見せることで桃妃に対する恋情を隠し他の妃からの妬みから守った上で、通う回数を最大にする方法なのではないだろうか。潤王自身が否定も肯定もしないのが、何よりもの証拠に思えた。

パチン、と碁石を置く音が鳴る。

「陛下の番でございます」

玲燕は囲碁盤を視線でさす。潤王の視線も囲碁盤へと移動した。

「さすがにそう簡単には負けないか」

「当たり前です」

玲燕はつんとした態度で答える。腕を組んで囲碁盤を見つめていた潤王は、おもむろに顔を上げた。

「ふむ。残念だが、時間切れかもしれない」

「時間切れ？」

玲燕が怪訝な顔をしたそのとき、「英明様!」という声がしてバシンと背後の扉が開く。息を切らせて入ってきたのは天佑だった。

「あれ、天佑様?」

玲燕は目をぱちくりとさせ、天佑を見上げる。天佑は幞頭を被った栄祐の姿をしていた。よほど急いで来たのか、いつもはきっちりと整った髪が少しこぼれ落ち、息も荒い。

「きっとここに来るだろうとは予想していたが、思ったよりだいぶ早かったな、栄祐」

くくっと笑った潤王は、立ち上がる。

「今宵は楽しめた。菊花殿に戻れ。またな」

潤王はひらひらと片手を振ると、殿舎の奥へと消えていったのだった。

「それにしても、突然現れて驚きました」

天佑とふたりきりになった玲燕は、彼を見上げる。

「寝所に召された菊妃が、なぜか宦官の栄祐を呼べと叫んでいたらしいと聞いて慌てて駆けつけたのだ」

「それは申し訳ございません。夜伽は契約外案件だと抗議しようと思いまして」

「いや、俺も悪かった。入宮の日に呼ばれなかったから、てっきり玲燕は夜伽に呼ばないのかと思い込んでいて確認を怠っていた。何が起こったのかと焦った」

天佑は凝りをほぐすように、眉間を指で押さえる。

あまり寝ていないのだろうか。その横顔には疲れが見える。

「……心配をお掛けして、ごめんなさい」

「構わない。俺も悪かったと言っただろう」

ふたりの間に沈黙が訪れる。

いつも口元に笑みを浮かべた余裕の態度の天佑が先ほどのように焦った姿を見せるのは、玲燕が知る限りは初めてだ。きっと、本当に玲燕を心配して慌てたのだろうと思った。

玲燕と天佑は、ふたり並んで後宮内の回廊を歩く。

時刻は既に深夜だ。等間隔で置かれた灯籠以外に明かりはなく、辺りは闇に包まれていた。

「真っ暗ですね。こんな日は、鬼火が現れそうです」

「ああ、そうだな。明日あたり、また新たな目撃情報が届くかもしれない」

天佑は首の後ろに手を当て、はあっと息を吐く。ただでさえ忙しい中、なかなか収まらないこの鬼火騒ぎのせいでよけいに負担が増しているのだろう。

（人がやっているのは確かなのよね）

玲燕は歩きながらも考える。

――鬼火は人の仕業によるものである。犯人は恐らく潤王が皇帝にふさわしくないと思われることを望んでいて、かつ、後宮にも入れる身分を持っている。

これまでの調査からそこまでは絞り込める。けれど、最初に天佑が言った通り、そこから特定の誰かに絞り込むのが至難の業だ。なにせ、後宮に入れる身分がある者だけでも、女官や宦官、医官など合わせれば数百の家門が関わることになるのだから。

「錬金術師と懇意にしている貴族を中心に洗ったほうがいいかと思います。あの方法は、一般の方はあまり思いつかないと思うのです」

「ああ、わかった。実は俺も玲燕と同じことを考えて、錬金術師とゆかりのある貴族がどこなのかを調べている」

再び、ふたりの間が沈黙に包まれる。両側に広がる庭園からは虫の声が聞こえてきた。

「鈴虫でしょうか」

「この鳴き方は、そうだな」

天佑は回廊から庭園のほうを見る。玲燕も同じように、そちらに目を向けた。

「ずっと昔、両親が亡くなって泣いてばかりの私を慰めるために容が鈴虫を集めて贈ってくれたことがありました」

「容？」

「私の育ての親です」

「なるほど」

天佑は頷く。

容は元々、玲燕の生家である葉家に仕える使用人だった女性だ。あの惨劇の日、混乱する玲燕を屋敷から連れ出し、その後は自分の娘として育ててくれた。

女手ひとつ、生活は貧しかった。容はそんな中、落ち込んで泣いてばかりいる玲燕を慰めるために鈴虫を集めて贈ってくれたのだ。

『高貴な方々は、この虫の声を聞いて楽しむそうですよ』

そう言って笑う、優しい女性の姿が脳裏に浮かぶ。

こんな夜は幼かったあの日のことを思い出す。

「天嶮学士の最後については、俺も少し話を聞いたことがある。兄が、一時期天嶮学を学んでいた」

「お兄様が？」

玲燕は意外に思う。

皇都大明にある天佑の屋敷、すなわち甘家の屋敷で少しの間世話になったが、天佑と明明以外に人の気配はなかった。

（地方で働いていらっしゃるのかしら？）

不思議に思って聞こうか迷っていると、天佑が手を伸ばし、玲燕の頭に触れた。

「色々と、辛かったな」

たった一言だけだ。

でも、誰ひとりとして一度も言ってはくれなかったその台詞を聞いたとき、ずっと張り詰めていた意識がほんの少しだけ緩んだような気がして、なぜだか泣きたい気分になる。

ある日、また恐ろしい捕吏達がやってきて大切な人を連れていってしまうのではないか。玲燕はもうひとりぼっちで大切な人など残っていないのに、未だにそんな不安に駆られるのだ。

「天佑様は──」

口を開きかけたそのとき、がさっと音がした。

「な、何？」

驚いた玲燕は、びくりと肩を揺らす。天佑がさっと手を伸ばし、玲燕を引き寄せた。

玲燕はどきどきする胸の鼓動を必死に落ち着かせ、音のしたほうを見る。

「あれは、猫か？」

「そうですね……」

木々の間からこちらに近づいてきたのは、一匹の猫だった。灯籠の明かりに照らされて見ると、濃い茶色の毛並みをしていた。どこかから迷い込んだのか、もしくは後宮内のどこかで飼われているものなのかはわからない。

「驚きました。突然、物音がするから」

玲燕はほっと胸をなで下ろす。

「色が暗いと、夜はよけいに見えにくいからな」

「ええ、そうですね……」

そこまで言った瞬間、玲燕はハッとした。

「色が暗いと、夜は目立ちにくい？」

「ああ。それはそうだろう？」

天佑はなぜそんなことを聞き返すのかと言いたげに、怪訝な顔をする。

「もしかして……」

「どうかしたのか？」

「はい。実際に実験してみなければわかりませんが、ゆらゆら漂う鬼火の謎について、解決の糸口を掴んだかもしれません」

◇　◇　◇

初めて潤王の夜伽に召された翌日のこと。玲燕は鈴々を連れて後宮内の散歩に行くことにした。

「どちらに行かれますか？」

鈴々が玲燕に尋ねる。

「たまにはいつもと違う庭園に行こうと思うの」

玲燕は笑顔で答える。よく晴れており、絶好の散歩日和だ。


菊花殿から歩いて十分。

普段は行くことがない後宮の反対側は、とても美しい場所だった。

「とても素敵な庭園ね」

ここ麗安城の後宮は、広い敷地に殿舎が点在する造りになっていて、敷地内には全部で六つの庭園がある。鈴々によると、それぞれが趣向をこらした造りになっていて、とても美しいのだとか。

玲燕は普段、菊花殿から一番近い庭園にしか訪れることがなかったので、少し離れたここに来るのは初めてだ。

（桃妃様は……いらっしゃらないか）

玲燕は素早く周囲を見回す。

この庭園は、桃林殿から近い。

昨日の潤王の反応に、桃妃はどんな人なのだろうと玲燕は興味を持った。そこで、桃妃がよくここを散歩していると聞いてここを訪れたのだが、残念ながらその姿はなかった。

（ま、いっか。散歩は気分転換になるし）

玲燕はぐっと両手を上げて伸びをする。

故郷の東明にいた頃は、日中は畑仕事もしていた。錬金術の仕事がほとんどなかったので、自分で食べるものを育てて自給自足していたのだ。東明を離れて以来運動不足が続いているので、散歩は気持ちがいい。

「ここの庭園は池があるのね」

低木がバランスよく植えられた庭園には、大きな池があった。池のすぐ近くには四阿があり、玲燕はそこに設えられていた長椅子に腰掛ける。

「木々の葉があんなに赤く」

鈴々が、池のすぐ近くに生えている木を指さす。

皇都である大明は東明よりも暖かい。ここに来たときはまだ葉は緑だったように思う。いつの間にか、秋は確実に深まっているようだ。

(東明の山も、鮮やかに色づいているかしら？　栗拾いをしたかったけど……)

故郷である東明は田舎なので、自然のままの山がたくさんある。秋が深まってくると山に入り、栗を拾ってくるのが玲燕の毎年の習慣だった。

煮立ったたっぷりのお湯でゆでると、とても美味しく食べられるのだ。

風が吹き、池の一角に設置された風見がくるくると回る。それに合わせるように、木の葉がひらひらと池に舞い落ちた。

葉は風で水面にできた波紋に合わせ、ゆっくりと遠ざかってゆく。

「玲燕様、どなたかがいらっしゃいました」

池をぼんやりと眺める玲燕に、鈴々が耳打ちする。

庭園の入り口を見ると、鈴々の言う通り数人の女性が歩いてくるのが見えた。中央にいる女性は、紅色と向日葵色が鮮やかな襦裙に身を包んでいる。

「あれはどなた？」

玲燕は鈴々に小声で尋ねる。

「桃妃様でございます」

鈴々はすぐに返事をした。

(あれが桃妃様……)

潤王ははっきりと答えなかったけれど、玲燕の予想では潤王が最も寵愛している妃だ。

（綺麗なお方ね）

長く美しい髪を高髻《こうけい》に結い上げており、その頭上には金細工の簪《かんざし》が付いている。その金細工の簪の端には赤い瑪瑙《めのう》が輝いており、さほど派手さはないものの上品な美しさを演出していた。

桃妃の両側には侍女と思しき数人の女官がいたが、玲燕と面識のある翠蘭はいない。

「これは、桃妃様。本日もご機嫌麗しく」

鈴々が頭を下げる。

桃妃に対し、玲燕も頭を下げた。

「はじめまして、桃妃様。菊妃でございます」

「菊妃？　まあ、あなたが？」

立ち止まった桃妃は玲燕を見つめ、驚いたように目を丸くする。

「はじめまして。陛下や侍女達から噂は聞いていて、一度お会いしてみたいと思っていたの。偶然ね、嬉しいわ」

桃妃は玲燕を見つめ、ふわりと笑う。それだけで、辺りが華やいだような気がした。

「そのように思っていただき、光栄でございます。……先日、桃林殿の方より茘枝を分けていただきました。ありがとうございます」

「茘枝？　翠蘭かしら？　確か、茘枝を分けると言っていたような」

桃妃は記憶を辿るように、口元に指を当てる。

「とても元気のよい新入り女官がいるそうね」

桃妃は玲燕を見つめにこりと微笑む。

(元気のよい新入り女官？)

玲燕のいる菊花殿に、女官はひとりしかいない。鈴々だ。

いつも落ち着いている鈴々を『元気のよい新入り女官』とは言わない気がするから、
それはきっと玲燕のことだろう。

玲燕は「まあ、そうですね」と笑って、その話題をやり過ごす。

「茘枝はお気に召していただけたかしら？」

「はい、とても」

「よかった。茘枝は陛下がお好きだから、わざわざ実家から木を持ってきたの」

「そうだったのですね」

桃林殿の茘枝の木を見たことはないが、玲燕が知る一般的な茘枝の木と似たような
ものであれば、それなりの大きさのはずだ。

入宮に際し、一体何を思って桃妃はそれを実家から運ばせたのだろう。そこには、

潤王への愛情があるように思えた。

「……陛下は少年時代、桃妃様のご実家に身を寄せていらしたのですよね？」

「ええ、そうよ」

頷く桃妃は何かを思い出したように、目を瞬いて玲燕を見つめた。

「そういえば、菊妃様は甘家のゆかりと聞いたのだけど……」

「はい。さようでございます」

玲燕は頷く。

本当は全く関係のない赤の他人だけれど、ここに入宮するに当たってそういうことにしたというのは天佑から聞いている。

「やはりそうなのね」

桃妃はパッと表情を明るくする。

「天佑は元気かしら？　栄祐に聞いても『元気ですよ』としか言わないけど……」

「え？　……元気でございます」

「そう、安心した。全然会っていないから、どうしているかしらと思って」

桃妃はほっとしたような表情を見せる。

「陛下から、甘家ゆかりの錬金術が得意な方が後宮にいらっしゃると聞いたとき、さすがは天佑の推薦だと思ったの。天佑も錬金術をよく勉強していたものね」

（天佑様が、錬金術？）

そんな話、天佑から聞いたことはなかった。

（確か、お兄様が天嶮学を少し学んでいたとは言っていたけれど……）

じっと考え込んでいると「菊妃様？」と声をかけられて玲燕はハッとする。玲燕が急に黙り込んだので、桃妃が困惑した表情でこちらを見つめている。

「申し訳ありません。風で散る葉が舞っているのが美しくて、つい見惚れておりました」

咄嗟に思いついた言い訳を並べると、桃妃は池のほうを見る。

「本当だわ。美しいわね」

池に模様を作り出す木の葉を見つめ、桃妃は口元を綻ばせた。


菊花殿へと戻った玲燕は、今さっき言葉を交わした桃妃のことを思い返しながら今日のことを紙にしたためた。

（まさに、佳人という言葉がよくお似合いの方ね）

少しだけ垂れた目元が可愛らしい、色白の美人だった。

以前、桃林殿で働く女官——翠蘭から聞いていた通り、物腰が柔らかで優しそうだ。

新入りの妃である玲燕にも気さくに話しかけ、接していて嫌なところが何もない。

「桃妃様もないかな……」

玲燕は小さな声で呟く。

「何が、『桃妃様もないかな』なのだ?」

ひとりきりだと思い込んでいたところで話しかけられ、玲燕は驚いた。顔を上げると、宦官姿の天佑がいる。

「天祐様！　驚きました」

「玲燕が昨晩、色々と用意してほしいと言っていただろう?　どうせ今日は栄祐として一日過ごすから、持ってきた」

天佑は腕に抱えていた布の包みを、玲燕に差し出す。

「ありがとうございます。助かります」

玲燕はそれをありがたく受け取り、礼を言う。

「それで、何が『桃妃様もないかな』なのだ?」

「ああ、それは――」

玲燕は自分の考えを話し始める。

鬼火の事件を巡り、玲燕は元より妃の誰かが事件に関わっている可能性は低いと考えていた。しかし、昨日の潤王の様子を見て、もしかして痴情のもつれによる動機であればあり得るのではないかと予想したのだ。

「桃妃様が嫉妬したのではないかと思ったのです」

「嫉妬？」

「はい。本来であれば、陛下は即位することなく宋家に婿入りし、桃妃様と夫婦になられるはずでした。ところが、皇帝となったために多くの妃を娶ることになった。桃妃様としては、自分ひとりの夫になるはずだった人がそうではなくなってしまったので、面白くないのではないかと思ったのです」

「なるほど。だが、それはないと思う」

「なぜですか？」

即座に玲燕の推理を否定した天佑に、玲燕は聞き返す。

玲燕も今日の桃妃の様子を見ておそらく違うだろうと思ってはいるが、どうして天佑がそう判断したのか興味があったのだ。

「桃妃様はそういう方ではない。それに、ご実家である宋家もだ。宋家の当主であられる桃妃様のお父上は、陛下の即位を心から喜んでおられた。なにせ、自分の家で世話をしていた皇子が皇帝になったのだからな」

「それはそうですね」

鬼火は一回を除き、全て後宮の外で目撃されている。桃妃が犯人だとしても、犯行には強力な協力者——実家の後ろ盾が必要だ。しかし、桃妃に関しては実家が潤王の即位を大いに喜んでおり、それが望めない。つまり、犯行には関わっていない。

　極めて単純明快で、説得力のある理論だ。玲燕もこの推理には全面的に賛成する。

　ただ、なんとなく心の中でもやもやしたものが沸き起こる。

「天佑様は、随分と桃妃様のことを肩入れしていらっしゃるのですね」

「肩入れ？　事実を言っただけだ」

「そうですが、最初から桃妃様だけは違うと決めきっているかのような言い方でした」

「そうか？　そういうつもりで言ったのではない」

　天佑の声に、戸惑いが混じる。

「……いえ、私も申し訳ございません」

　なぜこんな風にイライラしたのだろう。玲燕は自分の気持ちが掴みきれず、ぎゅっと手を握った。

「そういえば、桃妃様より天佑様は以前、錬金術を嗜んでいらしたと聞きました」

　玲燕はこの空気を変えたくて、違う話題を振る。

（あら？）

　その瞬間、天佑の表情が少し曇ったような気がした。

「錬金術を嗜んでいたのは、俺ではない」

「あれ、そうなのですか？　申し訳ございません。桃妃様が天佑様が嗜んでいらしたと仰っていたので。以前、お兄様が嗜んでいたと仰っていましたね。きっと、桃妃様は勘違いされたのですね」

「そうだな」

天佑はそれきり黙り込む。

「……私、てっきり栄祐様というのは一人二役をするために作った架空の方だと思っていました。天佑様には本当に、栄祐様という弟がいらしたのですね。彼は、今どこに？」

先日礼部で会った雲流や、今日の桃妃の反応を見る限り、栄祐という人間と天佑という人間は別々に存在していることは間違いなさそうだ。だが、玲燕が知る限り、本物の栄祐を見たことはおろか、気配を感じたことすらただの一度もない。

天佑は手で頭に触れ、悩ましげな顔をする。

「……栄祐は数年前に、鬼籍に入った」

玲燕はヒュッと息を呑む。

「よけいなことを聞いて申し訳ございません」

慌てて謝罪すると、天佑によってそれは止められた。

「謝らないでくれ。言わなかった俺も悪い」

天佑は困ったように笑う。その表情は、いつになく寂しげだ。

そんな天佑を見て、玲燕は心臓がぎゅっとなるのを感じた。

「ところで、俺に持ってくるように頼んだその品々は一体何に使うんだ？」

天佑は玲燕の横に置かれた布の包みを、視線でさす。

玲燕は自分の脇に置いた布の包みを見る。

「こちらは、実験に使おうと思います」

「実験？」

天佑は首を傾げる。

「はい。楽しみにしていてくださいませ」

玲燕はそう言うと、口元に弧を描いた。

◇　◇　◇

天佑が玲燕より、鬼火の謎が解けたので今夜来てほしいと言われたのは、それから一週間ほどしたある日のことだった。

「鈴々。玲燕は？」

姿が見当たらず鈴々に尋ねると、鈴々は「あちらにいらっしゃいます」と殿舎の奥を指さす。部屋の中を覗くと、胡服姿の玲燕が灯籠の明かりを頼りに何かをいじくっているのが見えた。

「玲燕。約束通り、来たぞ」

「ああ、天佑様。いらっしゃい」

玲燕は顔を上げる。

「準備は整っております。こちらへどうぞ」

立ち上がった玲燕は、菊花殿の裏にある庭へと天佑を案内する。秘密通路に繋がる灯籠もある庭は、真っ暗な闇に包まれていた。

「よい風が吹いておりますね。よかった」

「ああ。少し肌寒いほどだ」

何が『よかった』なのだろうと不思議に思ったものの、天佑は相づちを打つ。

深まる秋の夜、日によっては驚くほど寒くなる。風が木々を揺らす、ざわざわとした音が聞こえてきた。

「それで、残る鬼火の謎も解けたというのは？」

「はい。それでは、お見せしますね」

玲燕が手に持っていた物に、灯籠から火を移す。それは、いつぞやに見た鬼火と同じような色をしている。

「今からこの火を、空に飛ばします」

　玲燕がそう言った次の瞬間、鬼火が空高く舞い上がった。そして、空の一カ所でゆらゆらと揺れる。

「これは一体？」

　天佑は呆けたように、上空を見上げる。

「原理がわかれば、極めて単純なことでした。これは、黒い凧を使っているのです」

「黒い凧？」

「はい」

　玲燕は頷く。

「ゆらゆらと揺れる鬼火は、流れるように移動する鬼火と同じく水辺で見られましたが、違うこともありました」

「違うこととは？」

「ゆらゆらと揺れる鬼火の際は、いつも簡単には鬼火のほうに近づけない構造になっている場所で目撃されていたのです。ほら、天佑様が連れていってくださった皇城の場所もそうだったではありませんか。つまり、ゆらゆらと揺れる鬼火の下にはいつも凧の操者がいたのです。近づかれると人がやっていると気付かれてしまうため、そのような場所にしていたのです」

玲燕からそう指摘され、天佑は鬼火を見た現場のことを思い出す。確かに、どの場所も近くに橋がなく、鬼火に近づけない構造をしていた。

「相変わらず、見事な謎解きだな」

「ありがとうございます」

天佑が感嘆の声を漏らし手を叩くと、玲燕は嬉しそうにはにかむ。

「天佑様と猫に驚かされたときに解決の糸口を得ました。凧を揚げたタイミングで鬼火が消えてしまわないよう調整するのに手間取って、時間がかかってしまいました」

「それにしても見事だ。なにせ、皇都の錬金術師は皆お手上げだと言ったのだから」

天佑は重ねて玲燕を褒め称える。

「鬼火を起こしていた方法がわかったところで、残るは犯人捜しだな」

ようやくゆらゆらと揺れる鬼火の謎が解け、天佑は胸が高鳴るのを感じた。

この娘なら、本当に鬼火の謎を全て解決してくれるのではないか。そう思わずにはいられない。

「ただ、少し不思議なことがあって……。どうして犯人は、わざわざふたつの方法で鬼火を起こしたのでしょう？」

「特に意味はないだろう」

「そうでしょうか。なら、いいのですが」

玲燕は解せないと言いたげに、呟く。
先ほどまで吹いていた風がなくなり、凧が地面に落ちると同時に鬼火もかき消えた。

◆ 第四章　真相

廊下を歩きながら、玲燕は身に覚えのない呼び出しに困惑していた。一度も交流したことがない蘭妃が、玲燕に会いたいと言っているというのだ。

「一体なんの用かしら？」

「さあ？　私にはわかりません」

言付けを預かった鈴々に聞いても、首を傾げるだけだ。

蘭妃がいる香蘭殿《こうらんでん》に向かう最中、長い回廊を歩きながら理由を考える。

しかし、一切思い当たることがない。

香蘭殿の手前には、美しく手入れのされた庭園が見えた。

木々の向こうにある大きな池には、鯉が悠然と泳いでいる。そして、池の中央にある小島には四阿があり、その小島に渡るための橋があった。

（あまりこちらには来たことがなかったけど……。後宮は、皇帝と皇妃様の私的な空間だけあってどこも美しいわね）

蘭妃が住んでいる香蘭殿はこの後宮の中でも大きな殿舎だ。蘭妃の父親は国内有数の大貴族——連家の当主であり、この後宮内の妃としては最も実家の身分が高い。そのため、殿舎もよい場所をあてがわれているのだ。

たった数人のためだけに整備されたその美しい庭園を通り過ぎ、玲燕は蘭妃がいる香蘭殿へと向かった。

「恐れ入ります。蘭妃様のお呼び出しにより、菊妃様が参ったとお伝えください」

香蘭殿の前で、鈴々が女官に声をかける。襦裙姿の女官の襟元には蘭の花が刺繍されていた。

「まあまあ、菊妃様でいらっしゃいますか？　お待ちしておりました」

本日玲燕がここに来ることは既に女官達に周知されていたようで、すぐに建物の奥へと案内された。

後宮の中にあるいくつもの殿舎はそれぞれに門と塀があり、ひとつの屋敷のような造りをしている。香蘭殿も門を抜けるとすぐに母屋があった。女官はその母屋に入ることなく、ぐるりと庭を回って母屋の裏側、即ち門とは反対側に向かった。玲燕は黙ってその後ろをついてゆく。

「蘭妃様。菊妃様がいらっしゃいましたよ」

女官がひとりの女性に声をかける。縁側に腰掛けて庭の景色を眺めていたその女性──香蘭殿の主である蘭妃はゆったりとした動作で顔をこちらに向けた。

まだ十代のなめらかな頬はほのかに赤みを帯び、やや吊り上がり気味の目元からは気が強そうな印象を受ける。

蘭妃は鮮やかな赤の長襦を身に纏っていた。黒く艶やかな髪は緩やかに結い上げられ、後ろに垂れていた。頭上には金細工の髪飾りが輝いている。

「はじめまして、蘭妃様。私は菊妃でございます。お呼びでしょうか？」

「ええ、呼んだわ。ねえ、この中に本物の金と鍍金《ときん》が混じってしまって困っているの。どれが本物の金か調べられる？」

「は？」

蘭妃は挨拶もそこそこに、黒い漆喰で塗られた盆を差し出す。

「……本物の金と鍍金？」

玲燕は面食らった。

鍍金とは、金ではない金属を金の薄膜で被膜することにより、本物の金のように見せる技術だ。一見すると本物の金と鍍金は見分けが付かないが、中身は金ではないので価値は全く違う。

蘭妃の差し出した盆には四つ、髪に飾る装飾品が置かれていた。一見するとどれも金色に輝いており、本物の金に見える。

「触ってもよろしいですか？」

「ええ、どうぞ」

蘭妃が頷いたので、玲燕は盆から髪飾りをひとつひとつ、順番に手に取る。どれも細かな工芸が施されており、かなり高価な品だろうと予想が付いた。

（見た目の色合いはどれも同じね）

一般的には金と鍍金を見比べると僅かに色合いが異なる。しかし、これらは見る限り、どれも同じに見えた。それだけ高い技術で鍍金されたということだ。

（削ればすぐわかるけど……）

鍍金はある金属の表面に金の被膜を貼っているだけなので、少し削ればすぐにどれが本物かわかる。しかし、蘭妃の持ち物に傷を付けるのはまずいだろう。

となると、次に考えられる鑑定方法は金属の比重によって鑑定する手法だ。

しかし、この方法の場合比重を算出するために体積を知る必要があり、体積を量るには水に沈める必要がある。もしも鍍金が上手くできていない部分があれば、そこから内部が錆びてしまいかねない。高価な品なので、それをするのは気が引けた。

（では――）

玲燕は懐を探り、常に持ち歩いている小箱を取り出す。

「それは何？」

蘭妃は興味深げに、玲燕の手元を見る。

「羅針盤です」

「羅針盤？　方角を計るのかしら？」

蘭妃は小首を傾げる。扇子で口元を隠しながらも、視線は羅針盤に定まっていた。

一方の玲燕もじっと羅針盤の指す方向に注目した。針が左右に回転し、やがて一方を指す。向を指す。

「わかりました」

玲燕は羅針盤から視線を上げ、蘭妃を見つめる。蘭妃は目を細め、まっすぐに玲燕のことを見返してきた。

「鍍金の品ですが、こちらでございます」

玲燕は四つの中から、ひとつを指さす。

すると、蘭妃の少し吊り気味の目が大きく見開いた。

「あら、すごいわ。どうしてわかるの？」

「鍍金とは、別の金属の表面に金の薄い被膜を作る技術です。金は磁石に反応しませんが、地の金属は恐らく鉄ではないかと思ったのです。試しに羅針盤を用いたところ、見事に反応いたしました。でも蘭妃様、あなた様は最初からどれが鍍金の品かをご存じでしたよね？」

玲燕の問いかけに、蘭妃はくすくすと笑い出した。

「あらばれた？」

蘭妃はペロリと舌を出す。

「試すようなまねをしてごめんなさい。陛下から、とても広い知識を持つ面白い錬金術妃だから、試してみるといいと聞いていたの。本当ね」

「さようでございますか」

玲燕はこめかみを指で押さえる。

あの皇帝は、相変わらず何を妃達に吹き込んでいるのか。

「今日呼んだのはね、今度の勝負でなんとか梅妃様の優勝を回避する方法はないかと知恵を借りたくて」

玲燕は首を傾げる。

「だってあの人、何かと嫌みを言ってきて嫌いだわ。先日も、池に浮かべて遊ぼうと船を取り寄せた際だって、『蘭妃様のところはこぢんまりとした、可愛らしいものをお好みなのですね』ですって。絶対に喧嘩を売っているわ。あの人、本当に体調が悪いのかしら？　いつ顔を合わせても、ピンピンしているように見えるけど」

蘭妃は顔をしかめる。

「はあ」

玲燕としては苦笑するほかない。

どうやら、以前に蓮妃から話を聞いていた通り、梅妃と蘭妃は仲がよくないようだ。

これが〝女の戦い〟というものなのかもしれない。

「それで、勝負とは？」

「先日皇城で行われた宴会で、参加した臣下のひとりが『私の雇っている衛士《えじ》は百斤の重りを頭の位置まで持ってくることができる』と言いだしたの。そうしたら次々に他の者達も力自慢をし始めて、最後は天佑様が陛下に耳打ちして『それならば、どの家が一番重い重りを持ち上げられるか勝負しようか』と。それで、今度力比べの勝負が行われることになっているのよ。それに梅妃様のご実家の黄家が参加するらしいから、我が連家も参加しないわけにはいかないわ。ただ、黄家の当主は刑部尚書であられる黄連伯《おうれんはく》様よ。部下も力自慢が揃っていて、このままでは優勝する可能性が高いわ。このままでは終わったあとにまた『蘭妃様のところはあのようなもので護衛が済むなんて、随分と平和な場所にお住まいなのですね』って言われてしまうわ」

蘭妃は梅妃のものまねをするように、扇を口元に当てて嫌みを言う。その後、悔しげに口元を歪ませると、持っていたお触れの紙を取り出した。

「これよ！　見て！」

玲燕はそのお触れの紙を見る。そこには確かに、『最も重い重りを持ち上げた者を推した家門には褒美をつかわす』と書かれていた。

玲燕は遠い目をする。

（あのふたり、何考えているの！）

酒の席での戯言だ。

勝負するにしても、ただの武官同士の個人的な勝負にすればいいものを。家を巻き込んだ勝負などにすれば、各家門が色めき立ってこうなるのは目に見えているのに。

そして、恐らく蘭妃が梅妃に勝ちたいと画策することを予想した上で、潤王は玲燕のことを蘭妃に吹き込んだのだろう。梅妃の実家である黄家の当主——黄連伯は現在、刑部尚書、すなわち警察のトップだ。蘭妃の言う通り、力自慢の者も多いだろう。

半ばふたりまとめて罵倒したい気持ちに駆られたが、玲燕は一切それを面に出さずににこりと微笑む。

「そうですか。蘭妃様のお望みは、梅妃様の生家であられる黄家の優勝阻止でよろしいですね？」

「ええ、そうよ。そのために、あなたに知恵を借りられないかと思って。私の実家は大明から距離があるから、領地一の力持ちを連れてくるのは時間的に無理なの。だから、二週間で我が家の大明の屋敷で雇っている衛士を強くしてほしいの」

玲燕は苦笑する。二カ月ならまだしも、二週間で持ち上げられる物の重さを飛躍的に伸ばすなど、不可能だ。

「残念ながら、それは無理です」

「……そう。あなたをもってしても無理なのね」

蘭妃はあからさまにがっかりしたような顔をする。

「しかし、その勝負には私が参戦しましょう」

「菊妃様が？　甘家が出場するってこと？」

蘭妃は目を丸くして興味深げに身を乗り出した。

後宮入りに当たり、玲燕は表向きは『甘家ゆかりの者』ということになっている。なので、蘭妃は玲燕の『私が参戦しましょう』という言葉を『甘家の参加』と考えたのだろう。

「ええ、そうです。ところで、勝負の内容は『誰が一番重い重りを持ち上げられるか』で間違いないですね？」

玲燕は蘭妃に念押しする。

「そうよ」

蘭妃は玲燕に見せるように、もう一度先ほどの案内を差し出す。

「かしこまりました。では、黄家の優勝阻止はお任せください。このお触れは少しの間お借りしても？」

「構わないわ」

蘭妃は頷く。

玲燕はお触れの紙を蘭妃から受け取ると、それを懐にしまった。

「ところで、蘭妃様はよく金と鍍金の違いをご存じでしたね。蘭妃様のご実家は、冶《や》金《きん》産業に関わっているのですか？」

近年、冶金産業に力を入れる貴族がその収益から巨額の富を得ているのは有名な話だ。蘭妃の実家である連家が出資していたとしてもおかしくはない。

「ええ、そうよ。あとは、梅妃様のところも」

蘭妃は梅妃とのやりとりを思い出したのか、嫌そうに顔をしかめる。

「そうですか。ありがとうございます」

玲燕は頷く。

（……大きな収穫ね）

冶金産業に関わっているならば、錬金術師と懇意にしている可能性が高い。鬼火を偽装するために使われた方法も知っていたかもしれない。

「ところで蘭妃様。先ほど梅妃様が体調を崩されていると仰っていましたが、そうなのですか？」

「知らないけど、最近梅園殿に頻繁に医官が出入りしているのを目撃したって侍女達が言っていたわ」

蘭妃は両手を上げ、肩を竦めてみせる。

「へえ……」

梅妃の体調については、天佑からは何も聞いていない。

(季節の変わり目の風邪かしら?)

段々と深まる秋は、間もなく冬へと変わる。朝晩は特に冷えるようになってきたので、風邪を引いたとしても不思議はない。

◇◇◇

地方で働く官吏達の異動をどうするかについての書類を確認していると、執務机をバシンと叩く音がした。

「天佑様！　どういうことでございますか」

そこには、両手を執務机について頬を上気させる玲燕がいた。官吏姿に男装しており、片手には何かが書かれた紙を握りしめている。

「玲燕か。ちょうど今日か明日あたり会いに行こうと思っていたからちょうどよかった。随分と後宮を抜け出すのが上手くなったな?」

玲燕が着ている服は、以前天佑が渡したものだ。自分で着替え、秘密通路を通って抜け出してきたのだろう。

「そんなことより、どういうことです！」

玲燕は先ほどと同じ言葉を繰り返す。

「どういうことって、何が？」

「何が、ではございません。本日、蘭妃様に呼ばれました。天佑様は理由を知っておりますね？」

「ああ。それ」

天佑は口の端を上げる。

「まあまあ、そう怒るな。目論見通り、怪しき人間に一気に会えるぞ」

「そのために、こんな勝負事を持ちかけたのですか？」

玲燕は息をつく。

玲燕は初めて官吏の姿に変装して後宮を抜け出して以降、度々変装しては天佑の部下として有力貴族達に接触を試みた。ただ、一介の官吏では交わせる会話に限界があり、多くの人と会うことは困難だったのは事実だ。

「ああ、そうだ。これが手っ取り早い。大会の日は玲燕を含めた五人の妃も特別に観賞を許す予定だ。臣下達の人間関係を知るよい機会だろう？」

「まあ、それはそうでございますが」

玲燕はふてくされながらも、前傾にしていた体を起こす。

天佑の言う通り、期せずして後宮の妃のひとりから呼び出されて、自然に顔つなぎをすることができた。それに、このような勝負事では普段の人間関係が自ずと現れる。

「それで、蘭妃には何か助言してやったのか？」

「私がその勝負に参戦すると申し上げました」

「は？」

その回答は天佑にとって予想外だったようだ。

先ほどまでの涼しい顔が一転して、目を丸くしている。

その反応を見て、玲燕は溜飲が下がるのを感じた。秘密裏に力試し大会などを企画して玲燕を驚かした意趣返しだ。

玲燕はずいっとお触れの紙を天佑の顔に突きつける。

「このお触れを見る限り、道具の使用は禁止されていないのでしょう？　私でも優勝できる可能性はあります」

天佑は玲燕から紙を奪い取り、紙面を視線で追う。

「確かに道具については書かれていないな。だが、皆禁止だと思っていると思うぞ」

「でも、明記されておりません。告知されていない限り、そのような決まりはないはずです」

「いかにも、そうだがね。まさか、巨大なテコでも使うつもりか？」

天佑は興味深げに聞き返す。口元に笑みを浮かべており、この展開を面白がっているようにも見える。

「巨大なテコは原理上投石装置と同じですから、操作を誤ったときに周囲に被害を出してしまいますし、そもそも大きすぎます。ここは、バケツを使おうかと」

「バケツ？　塩水に沈めて浮力で持ち上げるか？」

「さすがは天佑様。すぐにその方法が思いつく方はそうそうおられません。ただ、その方法ですと、持ち上げられる重さに限度がありますし、服が濡れると風邪をひいてしまいますので違います」

「ではどうやって？」

「秘密でございます」

ふいっとそっぽを向かれ、天佑は目を瞬《しばたた》かせる。

「そう怒るな。多くの関係者を一気に集めるには、これが一番自然な流れだったのだ」

「それはわかっております」

天佑は苦笑する。ぶっきらぼうに言い放つ玲燕は、結局天佑にどういう道具を使うのかを教える気はなさそうだ。

「ところで、天佑様。今日、蘭妃様から興味深い話を聞きました。蘭妃様のご実家の連家と、梅妃様のご実家の黄家は共に冶金産業に出資しているようです。冶金に関わっていれば、懇意にしている錬金術師がいるはずです。今回の鬼火に使われた方法も知っていたかもしれません」

「ああ、それなら、既に調べた。これだろう?」

天佑は執務机の中から書類を取り出し、玲燕に差し出す。そこには、冶金産業に関わっている有力貴族の家門一覧と、懇意にしている錬金術師の情報が載っていた。蘭妃と梅妃の実家である連家と黄家もあった。

玲燕はそれを見て、眉を寄せる。

「情報はしっかりと共有してくださらないと困ります。私がなんのためにこのように身分を偽り、妃としてここに潜入していると思っているのですか」

玲燕の責めるような口調に、天佑は肩を竦める。

「そう怒るな。先ほども言った通り、今日か明日あたりに玲燕を訪ねて相談するつもりだったんだ。ただ、どうにも解せない点があってね」

「解せないこととは?」

「以前より、玲燕とは色々と錬金術師あるいはそれに類する者が事件に関与している可能性について話していただろう? だから、これらの情報を調べた。この中で反皇帝派の者を洗えば、犯人に繋がると思ったのだ」

「繋がらなかったのですか？」

玲燕は聞き返す。

「怪しい者に目星を付けて、内々にさらなる調査をした。ひとり、これは、という者が浮上したのだが……、残念ながら日が合わないのだ」

「日が合わないとは？」

「つまりだな──」

天佑は自身の頭の中を整理するように、ゆっくりと説明を始めた。

「調査の結果いくつかの家門が浮上した。例えば、黄家、郭家、高家などだ」

「黄家？」

「ああ、黄家は知っての通り、梅妃様のご実家だ。娘が陛下の妃であられるので動機はないように思えるが、現在光麗国で最も有力な錬金術師を囲っているのが黄家だ」

「その錬金術師はどのようなお方なのですか？」

玲燕は興味を持って尋ねる。

「李空《りくう》という男で、齢は五十歳近い。光琳学士院で最も権威ある錬金術師で、黄家と縁が強い。実は、鬼火の事件が発生したとき真っ先に光琳学士院に調査を依頼したのだが、李殿が率いる調査の結果、原因不明だと回答があった」

「光琳学士院に……」

光琳学士院は光麗国において知識の府とされる機関で、玲燕の父である最後の天嶮学士――秀燕が勤めていた場所でもある。

初めて会ったとき、天佑は玲燕に『都の錬金術師では手に負えないことがあった』と言った。その都の錬金術師というのが光琳学士院に所属する錬金術師達なのだと玲燕は理解した。

「話は戻るが、黄家について怪しい動きがないかかなり調べたが、現在のところ鬼火に結びつく動きはない」

「なるほど」

玲燕は腕を組む。

「次に怪しいのが、南の地域を治める名門貴族――劉《りゆう》家だ」

「劉家……」

玲燕はこれまで頭に入れた各貴族の家系図を思い返す。

劉家は娘を先帝に嫁がせており、子供がひとりいる。しかし、潤王の腹違いの弟に当たるその子はまだ十歳にもなっておらず、皇帝の座は潤王のものになった。玲燕が最も直接会ってみたいと思っていた人物のひとりだが、残念ながら今に至るまで会えていない。

「潤王を失脚させて、次の皇位継承者を劉家の娘が産んだ子供にするため？」

「その通りだ。陛下にはまだお世継ぎがいらっしゃらない。あやかし騒ぎを起こすのに十分な理由だろう？」

玲燕は天佑が調べた書類を捲る。

劉家は鋳鉄の鉱炉に投資を行い多額の富を得ており、懇意にしている錬金術師も多いようだ。玲燕が明らかにした鬼火の原理を知っている者がいたとしても不思議ではない。

「それで、調査した結果はどうだったのですか？」

「部下に極秘に劉家を調査させた結果、劉家を出入りする錬金術師の姿と、その錬金術師が夜更けに怪しげな行動をしている現場を取り押さえた。取り押さえの表向きの罪状は、放火だ」

「では、犯人はもう捕まっているではないですか？」

玲燕は呆れた。犯人が捕まっているなら、自分がこんな格好をしてここにいる必要などないのに。なんですぐに教えてくれなかったのか。

「そう、捕まった。だが、おかしいのだ。日が合わない」

「日が合わない？」

先ほども天佑は『日が合わない』と言っていた。

（一体何を仰っているのかしら？）

玲燕が訝しげに眉を寄せると、天佑は続きを話し始める。

「劉家が贔屓《ひいき》にしていた錬金術師は随分と几帳面な性格をしていてね。何月何日に、どこで鬼火を飛ばしたかを事細かに竹簡に記録していた。そのひとつひとつを今までの記録と照らし合わせたのだが、どうも日にちが足りない。これだ」

天佑は背後の書棚から、書類を取りだして玲燕に差し出す。

先ほどからしきりに『日が合わない』と言っているのは、鬼火が目撃された日の記録と劉家が贔屓にしている錬金術師から押収した記録が合わないということのようだ。

「劉家が錬金術師を複数人使っていたのでは？」

「私もそれを疑ったのだが、それはない。出入りしていたのはこのひとりだけだ。それに決定的なことがひとつ、現在劉家ゆかりの者には宦官や医官がいない。後宮には入れないはずだ」

「では、その錬金術師からやり方を教えてもらった別人が行ったのでしょう」

「それならそれでよいのだが、何か見落としてはいないかと思ってな」

天佑は腕を組む。

「見落とし……」

天佑の心配も理解できた。

ここで『あやかし騒ぎは劉家の策略だった』として劉家を断罪したあとに、また同様の事象が起きれば今度こそ本当にあやかしの仕業にちがいないと大騒ぎになるだろう。

『我らは錬金術を用いて物事の真理を見極め、あらゆる世の不可解を解明し、また、世の不便を解決するのだ』

父の言葉を思い出す。

（物事の真理を見極め――）

天佑の言っている通り、何か見落としていることはないだろうか。もし自分が劉家の当主の立場だったら――このようなことをしていたことが明るみになれば一大事なので、むやみに関係者を増やしたりはしないはずだ。

玲燕はもう一度、目の前にある資料を見る。

「ん？」

そのとき、玲燕はあることに気が付いた。

「どうした？」

「よく見てください。劉家の錬金術師が関わったことが疑われるあやかし騒ぎの日の鬼火は素早く横切ったという証言が多いです」

「確かにそうだな。気付かなかった」

玲燕は顎に手を当てる。

「これはもしかして……」

「何か気付いたのか?」

「はい、天佑様。至急で調べていただきたいことがございます。もしかすると、力試し大会は絶好の機会になるかもしれません」

「絶好の機会?」

「はい。鬼火の謎を、多くの人々の前で明らかにしてみせましょう」

玲燕はそう言うと、自信ありげに笑みを深めた。

◇◇◇

その日、皇城の中庭の周りは潤王主宰の力試し大会を見学しようと、多くの人々で賑わっていた。

中庭が見渡せる高い位置には潤王の席が用意されており、その周りには既にぐるりと臣下達が座っていた。さらに、左右の物見席には本日特別に後宮を出ることを許された妃達が並び、華やかさを添えていた。

「すごい人達ね」

玲燕は、集まった人々を見回す。そのとき、どんと背中を押されて前によろめいた。

「痛ったぁ」

「おい。どうしてこんなところに女官がいる。用意が終わったならさっさと出ていけ」

玲燕にぶつかった武官と思しき大男は、不機嫌そうに眉を寄せて顎をしゃくる。

「いえ。私もこの力比べに参戦しますので」

玲燕は首を横に振る。

すると、大男は目をまん丸に見開き、次いで大きな声で笑い出した。

「お前が？　これはとんだ挑戦者だ。おい、お前、どこの家の者だ？」

「甘家でございます」

「甘か。どうりで。主も女のような顔をしてひょろひょろしている」

周りにいた男達から、どっと笑いが上がる。

その嘲笑に満ちた言い方に、玲燕はムッとした。

今日はそれぞれの家を代表する力自慢ばかりが集められただけあり、どこを見ても屈強な男達ばかりだ。そんな中に玲燕が交じっているのは確かに異様に見えるだろうし、ひょろひょろしているのも否定しない。だって、女だし。

けれど、それと天佑のことは全く関係がない話だ。それなのに、この男は玲燕を通して天佑のことを馬鹿にしていた。

「それでは、甘家の女官ごときに負けぬようせいぜい頑張ってくださいませ」

玲燕は涼やかな目で大男を見返す。

「なんだと？　貴様、俺を黄家に仕える浩宇《こうう》と知っての発言か！」

挑発されていることに気付いた大男が激高したように叫ぶ。

「知りません。興味もございませんので」

事実、そんな男の名は天佑から渡された有力貴族のリストにはなかった。つまり、この男は玲燕の知らない男だ。

「貴様！」

顔を赤くした大男が玲燕に掴みかかろうとしたそのとき、ドーンと銅鑼《どら》が鳴る。潤王が現れたのだ。その場にいた者達が、一斉に頭を下げる。玲燕もそれに倣い、頭を下げた。

「それでは、これより勝負を始める。勝負方法はひとつだけ、最も重い重りを床から一メートル以上持ち上げ、十数えることができた者が優勝だ」

潤王の横に立つ官吏の説明に、周囲から雄叫びが上がった。

「秀《しゅう》家、百斤」

「円《えん》家、九十斤」

測定結果を記録する官吏が大きな声で記録を叫ぶたび、大きな歓声が上がる。

天佑もその様子を、潤王のすぐそばで見守っていた。

「黄家と高家が同量一位か。この記録を破るのは難しいかもしれないな」

潤王は斜め後ろに控える天佑に話しかける。

「はい。次点とかなりの差があります」

天佑は頷く。現時点のトップは黄家と高家で、共に百三十斤だ。その次が秀家の百斤となっている。

「最後は玲燕ではなかったか？」

「はい、そうです」

天佑は頷く。

「冗談かと思えば、本当に自分が出場するとはな。つくづく面白い奴だ。皆、おかしな女官が紛れ込んでいると思い込んでいる」

潤王は肩を揺らしくくっと笑う。

（本当に大丈夫なのだろうな？）

天佑は中庭の端で準備をしている玲燕を見つめた。

玲燕は今日、自ら手を挙げてここに参戦している。本人は大丈夫だと言うが、屈強な男達に交じったその姿は子供のようにすら見えた。

「ところで、先ほどからあいつは何をしているんだ？」

「わかりません」

潤王に尋ねられ、天佑は首を横に振る。

玲燕のすぐ横には、紐が繋がった大きな盥と、鉄の骨組みに歯車がいくつも組み合わさった奇妙な滑車付きの構造物が置かれていた。井戸の滑車に似ているが、少し違うように見える。

玲燕はそのバケツの大きいほうに、黙々と重りを積んでいた。重いのか、基準となる十斤の重りひとつでふらふらしている始末だ。

「手伝って参ります」

見かねた天佑はすっくと立ち上がると玲燕の元に駆け寄る。玲燕は天佑に気付くと、薄らと額に滲んだ汗を拭ってにこりと微笑んだ。

「これは天佑様。いいところにいらっしゃいました。重りを載せるのを手伝ってください。ひとりでは骨が折れる」

そう言いながら、玲燕はまたひとつ重りを持ち上げ、バケツの中に置いた。

「ここ数日、菊花殿に籠もって何かを作っていたのはこれか？」

「はい、そうです。材料を集めてくださりありがとうございます」

玲燕は朗らかに微笑む。

この力試し大会の出場に際していくつかの必要な材料を玲燕から告げられた。それは、滑車や歯車や棒など、おおよそ何に使うのか予想の付かないものばかりだった。

「何斤載せる？」

「そうですね……。百五十斤ほど」

「百五十斤だと⁉」

これまでの最高記録が百三十斤なので、玲燕の要求した重さはそれを遙かに上回る。

驚く天佑に対し、玲燕は落ち着いた様子でまた重りを持ち上げる。天佑は慌ててそれを取り上げてバケツに入れてやった。

「これで百五十斤でしょうか。では、この重りを私が一メートル持ち上げて十秒数えてみせます。計測係、今の位置を記録してください」

玲燕は計測係に測量を促す。バケツは地面に置かれているので、記録は〝ゼロ〟だ。

「それでは持ち上げます」

玲燕はそう言うと、紐を持ち上げるのではなく、滑車のひとつに付いた持ち手を下に引いた。ゆっくりと動き始めた歯車が回り、バケツに付けられた紐は上に引かれる。

ゆっくりと、しかし確実に、バケツは持ち上がった。

「輪軸か。考えたな」

天佑は呟く。玲燕が持ち込んだこの装置は、井戸の水くみなどで使われる手法だ。

直径の違う歯車を組み合わせることによって、小さな力で大きな力を生み出すことができる。

「持ち上がりました。もう一メートルは上がったでしょう?」

玲燕は横にいる計測係に問いかける。

「は、はいっ」

「では数えましょう。一、二、三……」

あまりの予想外の行動に唖然とする一同を尻目に、玲燕はゆっくりと十数える。

「……十。百五十斤を持ち上げました」

玲燕がすまし顔で言ったその瞬間、大きな声がした。

——異議あり!

声の主は、玲燕がいなければ優勝だったはずの大男、黄家に仕える浩宇だった。

「力自慢の勝負にこのような小道具を使うとは、武の道に反する。俺は認めん」

怒りで顔を赤くした浩宇は興奮気味に叫ぶ。

「その通りです。甘殿もこんないんちきを使うとは、落ちぶれたものだ」

続いてそう抗議したのは、黄家と同量一位だった高家の当主——高宗平だった。

「あなた達が認めるかどうかは、関係がありません」

玲燕がふたりに対してきっぱりと言い切る。

「なんだとっ」

「お前、誰に向かって口をきいている！」

それぞれが怒り、辺りに緊迫した空気が流れた。周囲で見物していた者達も、これはどうしたものかと騒めく。

「陛下。このような正義の道を踏み外すような真似は断じて許すべきではございません。甘殿もどういうおつもりだ！」

高宗平は潤王の元に歩み寄ると、顔を赤くして玲燕の行った行為は不正だと訴える。

そして、横にいる天佑を睨み付けた。

潤王は高宗平と浩宇を見下ろし、ふむと頷いた。

「確かに、その者が用いた方法は正攻法とは言い難いな。しかし、あいにく〝道具を認めない〟とは書いていなかった」

「しかしっ」

潤王は片手を上げ、さらに言い募ろうとした高宗平を制する。

「ところで高よ。今しがた、『正義の道を踏み外すような真似は断じて許すべきではない』と申したな。では、そなたは『正義の道』を踏み外したことがないと？」

「は？」

高宗平は潤王の返しが予想外だったようで、怪訝な顔をした。

「もちろんでございます」

高宗平は頷く。

「なるほど。……最近、皇城や外郭城では不思議な火の玉が現れ、天帝の怒りであると人々が恐れている。おぬしはそれを解決すべく、大規模な祈祷を行うべきだと主張していた。ところで、私や妃達が暮らす宮城ではその鬼火は目撃されない。なぜだと思う？」

「それは、偶然でございましょう」

高宗平は、なぜ今そんなことを、と言いたげに眉を寄せる。

「偶然ね。本当に？　天帝が怒っているのであれば、私がいる宮城にこそ鬼火が現れそうなものだが？」

「………………」

何も答えない高宗平から、潤王は玲燕へと視線を移した。

「菊妃よ。そなたはなぜだと思う？」

潤王の呼びかけに周囲からどよめきが起きる。「あれが菊妃なのか？」「女官かと思った」という声がそこかしこから聞こえてきた。

「はい。それは、鬼火を起こす人間が宮城に立ち入ることができないからでございます」

辺りがさざめく。

「あれは人の仕業なのか」

「天帝の怒りではないのか」

どよめく周囲の人々を、潤王は片手を上げて制する。

「では菊妃よ。説明してくれるか?」

「はい。まずはこれをご覧ください。まだ日がある故、見にくいかもしれませんが――」

玲燕は懐からあらかじめ用意していた棒を取り出す。鬼火が見られた場所で見つかった棒と同じ細工をしたものだ。玲燕は、それに火を付ける。

「なんと、鬼火だ!」

観覧席にいた誰かが叫ぶ。

ぼわっと音を立てて燃えたそれは、緑色の光を放っていた。

周囲の人々が「どういうことだ」と騒ぎ出す。

「こちらは、ごく簡単な自然の原理を利用したものです。皇帝陛下を陥れようとしていた人間が、鬼火による騒ぎを起こす、即ち天帝の怒りであると見せかけて、陛下の地盤にひびを入れようとしたのです」

「なんと恐ろしい。一体誰がそのようなことをしたのかはわかっているのか?」

高宗平が険しい顔つきで、玲燕を問い詰める。

「反皇帝派の代表格であられます、劉《りゅう》様です。陛下が退けば、劉様の孫であらせられる皇子が皇位を継承されますから」

「劉殿が！　信じられない。なんということだ」

高宗平は両腕を大きく広げ、大げさなほどに失望を露わにする。

玲燕はその様子をじっと見守ると、おもむろに目を閉じ深呼吸する。

そして、まっすぐに目の前の人を見据えた。

「話はまだここで終わりではございません」

「何？　どういうことだ？」

高宗平が怪訝な顔をする。

「犯人はもうひとりいます。……それは高様、あなた様です」

「なっ！」

高宗平は大きく目を見開いた。

「あなた様は頻繁に摩訶不思議な色をした火の玉を出没させることにより、あたかも鬼火であるかのように見せかけた。本当の鬼火であれば大規模な祈祷を行うことになるのは自然の流れ。そして、もしも祈祷後にあやかし騒ぎが幾分か収まれば、あなた様は名声と、より一層の権力を得ることになります」

「なんと無礼な！　なんの証拠があってそのようなことを！」

怒りに唇を震わせる高宗平は玲燕に飛びかかろうとする。右手が振り上げられるのを見て、玲燕はぎゅっと目を閉じた。

（……あれ？）

来ると思っていた衝撃が来ないので、玲燕は恐る恐る目を開ける。

目の前には、天佑が立っていた。高宗平との間に、玲燕を守るように立ち塞がり、まっすぐに高宗平を見据えている。

「菊妃様に手を上げられるとは、言語道断です」

「ちっ！」

高宗平は手を引き、一歩下がる。天佑は高宗平を見つめた。

「証拠ならあります。ここ二カ月ほど、高家と郭家は頻繁に交流されていますね？」

「郭家と我が家は親戚関係にある。何もおかしくはないだろう。それとも、吏部は官吏の人事だけでなく、親戚付き合いにまで口出しされるおつもりか」

高宗平は不機嫌さを露わにする。

「ええ、仰る通り、郭家と高家は親戚関係にあって親しくしていても不思議はありません。ただ、郭家の親しくしている錬金術師が奇妙な物を作っていることがわかりましてね。これです」

天佑の合図に合わせ、鈴々が天佑に何かを手渡す。

その瞬間、高宗平の顔がさっと青ざめた。

「これが何かは、高殿はよくご存じでしょう？」

「なんだあれは？　黒い凧か？」

答えられない高宗平の代わりに、周囲が騒めく。

「高様もご存じの通り、州刺史であられる郭家は凧揚げの技術に長けており、直近の凧揚げ大会で優勝したほどの腕前です。鬼火のいくつかは、先ほど菊妃が見せた炎を黒い凧で上空に飛ばしたものだったのです。そして、一度だけ後宮内で目撃された鬼火は郭家ゆかりの宦官が行ったこと。拘束した郭家の錬金術師は、高家から依頼されたと自白しております」

高宗平の目がより一層見開き、握りしめていた手がだらりと下がる。その様子を高い位置から見つめていた潤王が片手を上げた。

「菊妃、さすがは天嶮学を学んだだけあるな。見事な推理だ」

潤王は玲燕にねぎらいの言葉をかけ、横で呆然とする高宗平に視線を移す。

「あの者を捕らえよ」

その言葉を合図に、周囲にいた武官が一斉に高宗平を取り囲んだ。

◇　◇　◇

元々ほとんどなかった荷物はあっという間に詰め終わった。

忘れ物はないかと、玲燕はがらんとした部屋の中を順番に確認してゆく。

「本当に戻るのか？」

「ええ。動物達が心配ですし」

「きっちり世話を頼んであるから、心配することないのに」

「でも、ずっと任せっきりというわけにはいきません」

「玲燕には大明にいてほしいのだが」

「また何かあればご相談にお越しください。あの地をすぐに動く気もありません」

家に戻るという玲燕の意志が固いことを見て取ると、天佑は残念そうに眉尻を下げた。

「そういう意味ではないのだがな」

「はい？」

「……いや、なんでもない。英明様と鈴々も寂しくなると悲しんでいた」

天佑は懐から鮮やかな織物でできた小袋を取り出すと、それを玲燕に手渡す。

玲燕はそれを受け取ると、その場で開けた。中からは金貨がバラバラと落ちる。今回の件の報酬だ。

「こんなにたくさんいただいてよろしいのですか？　棒禄もいただいていたのに」

「もちろんだ。英明様もとても助かったと言っていた。見事な推理だった」

「お役に立てて光栄です。最後、鬼火の犯行は別の家門がそれぞれ別に行っていると気付けてよかったです」

玲燕は微笑む。

鬼火の事件は、先に劉家が行ったものだった。さらに、その騒ぎを利用しようと画策した高家が模倣犯として暗躍し始めたので、事件を複雑にしていたのだ。

（少しは、天嶮学の汚名を晴らせたかしら？）

潤王が臣下達の前で玲燕をねぎらったときの周囲の反応は、皆一様に驚きに包まれていた。十年以上も前に禁じられたはずの天嶮学の名が現皇帝の口から出て、さらにはその素晴らしさを認めたのだから。

玲燕は手元の金貨を見つめる。実際以上に、それは重く感じられた。

唯一の心残りは、力試しの大会で優勝できなかったことだ。ひと悶着あったものの、最終的な潤王の判断は『道具の使用は認められない』というものだった。

「これは、私塾を作るときの資金にいたします」

玲燕は天佑に深々と頭を下げると、それを自分の懐へとしまう。

「東明には学ぶ場所が少ないか？」

「そうですね。官学はある程度の階級の家の者しか通えませんから、一般の子供が通う場所はほとんどありません」

「そうか……。自宅まで送ろう」

「片道二日かかります。送りの車を用意していただけただけで十分です」

「なに、遠慮するな」

天佑はふっと微笑むと、立ち上がる。そして、玲燕に片手を差し出した。

「なんでしょう？」

玲燕は小首を傾げる。

「男が手を差し伸べたら、そこに手を重ねろという意味だ」

そういうものなのだろうか。貴族の作法に疎い玲燕には、よくわからない。

おずおずと手を重ねると、力強く引きよせられた。


行きはとても遠く感じた大明と東明の距離は、帰りはあっという間だった。見慣れた古びた家屋の前で、犬が体を丸くして昼寝をしている。

「約束通り、動物の世話をしていただけたようです。ありがとうございます」

「約束は守ると言っただろう？」

天佑が笑う。

屈託なく笑うと少年のような表情になるのだな、と思った。

「私が帰ったあと、鍵をしっかりと閉めるのだぞ」

「わかっております。子供ではないのですから」

「子供ではないから、心配しているのだ」

困ったように眉尻を下げる天佑を見つめ、玲燕は首を傾げる。

(ひとりで食べる食事って、こんなに味気なかったかしら……)

その日久しぶりに自炊をした玲燕は、夕食を一緒に食べていけと天佑を誘わなかったことを密かに後悔したのだった。

◆第五章　事件、再び

光麗国では日に日に日差しが暖かなものへと変わっていたが、日によっては冷え込みが厳しいこともある。そんな日は、温かい鍋を作って暖をとるのが玲燕の日常だった。

「天佑様、どうぞ」

「ああ、ありがとう」

お椀によそった具入りのスープを差し出すと、目の前に座る秀麗な男――天佑はにこりと微笑んだ。

「こう冷える日は、温かい物が身に染みる」

「それはようございました。でも、明明が作るもののほうが手が込んでいるでしょう？」

「それはそうなのだが、これも素朴な味がして旨いよ」

古びた民家にはおおよそ似つかわしくない男は、美しい所作で椀の中身をぺろりと食べるとおかわりまで要求してきた。

「天佑様、最近はお暇なのですか？」

「いや、そうでもないよ」

「では、こんなところに来ていていいのですか?」

玲燕は呆れて、天佑を見る。

玲燕が大明を去り早三カ月が経つが、天佑は数週間と置かずに東明にいる玲燕を訪ねてくるのだ。大明と東明は馬車で二日かかる距離だ。往復するだけで四日かかり、かなりの負担になるはずだ。

「私が来ると迷惑かな?」

「いえ、そんなことはございません。ただ、こんなに頻繁に往復していては体に負担がかかるでしょう?」

「そうか、心配してくれているのか」

「まあ、そうですね」

「案ずることはない。こちらに仕事で用があるのだ」

「それならよいのですが」

なんでこんなに嬉しそうなのだろうと不思議に思いながらも玲燕は頷く。

当の天佑はといえば、玲燕と世間話をして数時間を過ごすと、馬車に乗ってどこかへ去っていくという具合だ。

いつもそんな様子だったので、その日訪ねてきた天佑の表情を見た瞬間、玲燕は何かただ事ではないことが発生したと悟った。

「天佑様、どうされましたか？」

「玲燕、知恵を貸してほしい」

天佑は開口一番にそう言った。その美しい顔《かんばせ》にいつもの穏やかさはない。

何が起きたのかと、玲燕はキュッと表情を引き締めた。

「何がありましたか？」

「……英明様の食事に毒が盛られた」

「え⁉　容態は？　陛下はご無事なのですか？」

玲燕は驚いて、聞き返す。

「ああ、無事だ。飲む前に異変に気付いて捨てたからね」

「飲む前に？　刺激臭のある毒だったのですか？」

「銀杯が変色した」

「銀杯が変色……。ということは、砒霜《ひそう》でございますね？」

「その通り。さすがだな」

砒霜とは毒物の一種で、無味無臭のため毒殺によく用いられる。ただ、その成分に硫黄を含んでいるため銀に反応する性質があり、銀食器に注ぐと器が変色する。皇族が銀食器を好むのはこのためだ。

「その犯人を捕らえるのを手伝ってほしい。もちろん、報酬は十分に払うし動物の世話もする」

「天佑様に関して報酬を踏み倒すなどとは思っておりません。前回も、十分すぎるほどの対価をいただきました。それよりも、何があったのか、最初からご説明願えますか?」

「ああ、もちろんだ」

玲燕は動揺する気持ちを落ち着かせようと、かまどで沸かしていたお湯で熱い茶を淹れた。天佑はそれを一口飲むと記憶を呼び起こすように宙を見つめ、ゆっくりと話し始めた。

「事件が発生したのは一週間ほど前のことだ。その日、皇城では寒椿の花を楽しむ宴会が催されていた。参加していたのは高位の貴族や官吏、宦官、それに、陛下の特別な計らいにより招かれた皇妃達だ」

玲燕は天佑の話に聞き入る。

派手好きで連日に亘り宴席を設けていた前皇帝──文王に対して、現皇帝である潤王はあまり贅を好まないお方だ。しかしその寒椿の宴は燕楽《えんがく》の楽団が呼ばれ、舞女が踊りを披露する華やかなものだったようだ。

豪華な食事が振る舞われ、楽しげな笑い声があちこちから聞こえてくる様子は参加していなくとも想像が付いた。

「その席で、事件が起こったのですか？」

「ああ。英明様が酒のおかわりをされたんだ。女官が注いだ酒を飲もうとしたら、黄殿が『お待ちください！』と制止されて――」

玲燕はそこで「よろしいでしょうか」と話を止めた。

「黄様とは、あの黄様でしょうか？」

「そうだ」

貴族に『黄家』は複数あるが、今玲燕が思い浮かべた『黄家』はただひとつ、皇妃のひとりである梅妃の実家だ。梅妃の父である黄連伯は、政界の有力者だ。

「黄様は陛下の隣にいたのですか？」

「いや、席は離れていた。ただ、その酒を陛下の前に注がれたのが黄殿で、黄殿の銀杯が変色していたのだ」

なるほど、と玲燕は相づちを打つ。

「その酒をついだ女官は？」

「すぐにその場で捕らえて、投獄した。刑部が取り調べを行っているが、知らぬと言うばかりで口を割らないそうだ。それで、実はその捕まった女官というのが少々厄介でな」

「厄介と申しますと？」

玲燕は首を傾げる。

「その女官が、桃妃付きの者だったのだ。黄殿は桃妃のご実家である宋家が事件に関わっている可能性があると主張している」

「桃妃の？　一体どなたです？」

偽りの錬金術妃として後宮で過ごす中で、さほど多くはないが、玲燕は妃達に仕える女官の何人かと知り合いになった。もしかしたら、知っている者かもしれないと思ったのだ。

「翠蘭だ」

「翠蘭が？」

玲燕は驚いて目を見開く。

翠蘭は玲燕がよくお喋りをしていた女官で、気さくで明るい女性だった。桃妃の生家から持ってきた木に実ったという茘枝を分けてくれたこともある。最後の最後まで玲燕が菊妃であるということに気付かないなど少々抜けている部分はあるものの、根は優しく善良な人だったと記憶している。

「本当ですか？　信じられません」

「事実、酒を注いでいたのはその女官なんだ。それは、俺もその宴にいたから間違いないと証言する」

「わかりました。その事件、引き受けます」

玲燕は迷うことなく頷いた。

玲燕が知る限り、翠蘭はそのような小細工をして人を暗殺するような人間ではない。それに、ひとつ引っかかることがあった。

砒霜は無味無臭で、飲み物に混ぜるなどして暗殺によく用いられる。しかし、銀食器を常に用いる皇帝を暗殺するには不向きであると言わざるを得ない。なぜなら、食器の変色ですぐに毒を混ぜたことがばれてしまうからだ。

「皇帝を暗殺しようとするには、少々稚拙な計画であるとしか言いようがありません。桃妃様のご実家であられる宋家がこのような子供じみたことを企てるでしょうか？」

「俺もそう思う。英明様も、絶対に桃妃様のご実家である栄家の仕業のはずはないと言っている」

半ば断言するようにそう言い切った天佑を、玲燕は見返した。

「前にも思ったのですが、天佑様は陛下や桃妃様とどのようなご関係なのですか？」

潤王と天佑が一緒にいる様子を見れば、ふたりがとても強い絆で結ばれていることは明らかだ。潤王と桃妃が元々の婚約者であることも知っているが、この三人の関係をしっかりと聞いたことはない。

「言われてみれば、玲燕にしっかりと話したことはなかったね。甘家は元々、桃妃様の生家である宋家に仕える一族なのだよ。なので、その縁で幼い頃から宋家には出入りすることが多かった」

「なるほど。そこに、幼い頃の陛下が預けられて出会ったのですね？」

「その通り。まあ、つまりは付き合いの長い臣下なのだが、ありがたいことにおふたりは俺を幼なじみのようなものだと思ってくださっている」

「幼なじみ、ですか」

それであれば、あの気安い雰囲気も頷ける。

そして、今回の事件はふたりを幼なじみとして持つ天佑にとって、納得しがたい事件であることも理解できた。

「天嶮学に誓い、事件の真相を明らかにしてみせましょう」

「頼もしいな。頼むぞ」

天佑は柔らかく微笑むと、玲燕の頭にぽんと手を置いた。

◇　◇　◇

おおよそ三カ月ぶりに訪れる後宮は、以前と変わらぬ見た目をしていた。

長く続く回廊、等間隔に置かれた灯籠、赤く塗られた手すりの向こうに広がる、小石の敷かれた美しい庭園……。

しかし、どことなく物寂しく感じるのは冬という季節のせいだろうか。天を見上げれば、どんよりとした雲が空を覆っていた。

「あら？　菊妃様？　菊妃様じゃない？」

回廊を歩いていると、少し幼い女性の声がした。振り返ると、そこには驚いたように目を見開く蓮妃がいた。

「これは蓮妃様。お久しぶりですね」

懐かしい人に、玲燕は表情を綻ばせる。

「やっぱり菊妃様だわ、久しぶりじゃない！　会いたかった！」

蓮妃はパッと顔を明るくして、玲燕の元に駆け寄る。十二歳という年頃のせいか、たった三カ月会っていないだけなのに少し背が伸びたように感じる。

「その……ご実家のご家族の容態はもう大丈夫なの？」

蓮妃は気遣うような目で玲燕の顔を窺う。

「え？」

「あの事件のあとに菊妃様の姿が急に見えなくなったから、私、心配してしまって。

夜伽の際に陛下にお聞きしたら、『故郷にいる親の容態が芳しくなくて、実家に戻っただけだよ』と仰っていたから」

（そんなことを言っていたのね⁉）

驚いた玲燕は、必死にそれを隠す。

どうりで一度後宮を去ったはずの元・妃がこうも簡単に後宮に戻ってこられたわけだ。一体どんな言い訳を使ったのだろうと不思議だった。

「おかげさまでもう大丈夫でございます。ご心配をお掛けいたしました」

玲燕は話を合わせ、にこりと微笑む。

「蓮妃様はお元気でしたか？　少し背が伸びられましたね」

「わかる？　ありがとう。雪にもそう言われたの」

雪とは、蓮妃付きの女官の名前だ。蓮妃は自分の頭頂部に手を当て、はにかむ。

「わたくしは元気。でも、菊妃様がいない間に色々と事件があってね――」

蓮妃はそう言いながら涙ぐみ、袖口で目元を拭う。

「ここではなんですから、建物の中で話しませんか？　冷えてしまいます」

回廊は開放廊下になっているので、とても冷える。田舎育ちで寒さに強い玲燕はともかく、まだ体が小さい蓮妃には辛いだろう。

「ええ、そうね。ここからだと私のいる蓮桂殿が近いから、いらっしゃらない？」

「はい、お邪魔します」

「やったぁ！」

蓮妃は両手を口の前で合わせると、嬉しそうに笑った。

蓮桂殿の一室に通されると、玲燕の前には茶器と粉食の菓子が用意された。

(美味しい)

お茶を一口飲むと、滑らかな甘さが口の中に広がる。自分がそんなに舌が肥えているとは思わないが、きっとこのお茶は最高級品であると予想が付いた。

「それで、さっきの話だけどね」

蓮妃は少し身を乗り出し、口を開く。その様子に、玲燕がいない間に起きたという事件について早く話したくて堪らないのだろうと感じた。

「つい先日のことなのだけど、皇城の朱雀殿《すざくでん》で寒椿の宴が行われたの」

「はい」

玲燕は相づちを打つ。

(やっぱり、その事件についての話なのね)

寒椿の宴での潤王暗殺未遂事件。まさに、玲燕が天佑に解決を請われた事件だ。

会場になった朱雀殿は皇城にいくつかある建物のひとつで、美しい庭園に囲まれた大広間があり、大人数の会議や宴会などによく使われる場所だ。寒椿も植えられている。

「後宮にいる妃も全員招待されたから、桃妃様も参加されたのよ。だから、その日はお付きの女官達もその場にいて、お酒を注いだりしていたの。その最中、桃妃様の付きの女官が注いだお酒に毒が入っていたって騒ぎが起きて……」

蓮妃はそこまで言うと、両腕で自分自身を抱きしめ、ぶるりと震える。

(天佑様の仰っていた通りね)

蓮妃の話は、先日天佑から聞いた話と一致する。その場にいたふたりの証言が一致しているということは、その際に起きた出来事の証言としてかなり客観的な信憑性が高いと言えた。玲燕は敢えて、天佑に事前に確認済みのことを蓮妃にも聞いてみることにした。

「桃妃様付きの女官にお酒を用意した者が毒を入れたという可能性はございませんか?」

「それが、あり得ないのよ」

「あり得ないというと?」

「あの日は女官がお酒を入れる酒器を持っていて、中身が少なくなったら各自が酒樽から足していたの。その酒樽には毒が入っていなかったから、毒が入っていたのは桃妃様の侍女が持っていた酒器だけってことよ」

「そのときの様子をもう少し詳しく聞いても？」

玲燕は蓮妃の話に興味を持ち、身を乗り出す。

「もちろん。酒が注がれたあと、陛下がそれを飲もうと口を近づけたの。ところが、黄様がものすごい剣幕で駆け寄ってきて、陛下の杯を取り上げて池に放り投げてしまったの。皆、最初は黄様の無礼にびっくりしてしまったのだけど、黄様が『これは毒入りです』と仰って──」

これも、玲燕が天佑から事前に聞いていた話と同じだ。

翠蘭はその場で取り押さえられ、彼女が持っていたという酒器からは砒霜が検出された。

蓮妃は肩を落とし、茶の水面を見つめる。

「信じられないわ。よりによって、桃妃様の侍女がこんなことをするなんて。桃妃様はこのこと、事前にご存じだったのかしら──」

蓮妃は桃妃のことを慕っていた。

桃妃が事件に関連しているはずがないと信じる一方、状況的に桃妃付きの女官が毒を盛ったとしか思えないことに歯がゆさを感じているようだ。

「その日、蓮妃様の目から見て違和感などはありませんでしたか？」

玲燕は尋ねる。ほんの些細な違和感でも、実はそれが重大な鍵を握っていることもあるのだ。

「うーん。あの日は本当に、上を下への大騒ぎだったから――。違和感も何も、大混乱よ」

蓮妃は肩を竦める。

「あの事件のあと、桃妃様には会えなくなっちゃって。菊妃様もいらっしゃらなかったから、本当に心細かった」

蓮妃はぽつりと呟くと、鼻をすする。

「私は戻りました。いつでも会えますよ」

「そうよね」

蓮妃は目元を指先で拭うと、口元に笑みを浮かべて皿に盛られた粉食をむんずと掴む。そして、それをおもむろに口に入れた。

「ところで蓮妃様。先ほど、『色々と事件があって』と仰っていたと思うのですが、他にも何か事件が？」

玲燕は蓮妃に尋ねる。天佑から聞いた事件は、この潤王の毒殺未遂事件だけだった。

「うん、あったわ。先日、後宮内に設置されている全ての井戸の輪軸交換の工事が行われる予定だったのだけど、梅園殿の工事をしようとした技師がへまをして梅妃様がひどくお怒りになられて――――。その後の工事が見合わせることになったの」

「輪軸の交換？」

輪軸とは、少ない力で重い物を持ち上げるために利用される道具のことで、先日の力比べ大会の際に玲燕が利用したのも輪軸だ。

「交換作業中に梅園殿に生えている植物の枝を折ってしまったようで。梅妃様がお怒りになり、『このような者が後宮に出入りすることを許すわけにはいかない』って大騒ぎよ。結局、代わりの職人を手配し直すまで、その後の全ての交換作業が中止になったの」

「そんなことがあったのですか」

玲燕は、この後宮に初めて来た日のことを思い出す。

算木をなくして回廊の下まで探しに下りた玲燕に対し、鈴々は『偶然出会ったのが梅妃様でなくてよかった』と言っていた。もし草木を傷つけようものなら、激怒すると。

「工事の方は災難でしたね」

「引き立てられていくところをうちの侍女が目撃したのだけど、『最初から折れていた』と叫んでいたらしいわ」

蓮妃はふうっと息を吐く。

（まあ、罪を逃れるためにはそう言うしかないわよね）

鈴々は、以前後宮の草木を傷つけた女官は梅妃の怒りに触れて鞭打ちされたと言っていた。きっとその職人も、それ相応の罰を受けたのだろう。

（たかが草木くらい。踏みつけられても、より強くなってまた伸びてくるわよ）

そう思ってしまうのは、玲燕が元々後宮とは縁遠い生活をしていたからだろうか。

「それで、輪軸は交換できたのですか？」

「ええ。梅妃様のご実家であられる黄家が手配し直したの。香蘭殿以外はそれで交換してもらっている最中よ」

「香蘭殿は交換しないのですか？」

「ええ。蘭妃様が『わたくしは元の工事人でよい』と仰ったみたいで」

「……なるほど」

以前会った蘭妃のあの様子からするに、蘭妃は梅妃に世話になることが許せないのだろう。玲燕は苦笑いする。

「あとは——」

蓮妃が口を開く。

「まだあるのですか？」

玲燕は驚いた。

　潤王暗殺事件に輪軸の交換事件。このふたつでも既にお腹いっぱいなのに、まだ何かあるとは。

　たった三カ月なのに、随分とたくさん事件があったものだ。

「桃妃様が宴席中に体調を崩されたの」

「桃妃様が？」

　玲燕は聞き返す。

　桃妃は潤王の想い人であり、今回の潤王暗殺事件の重要な容疑者のひとりだ。その桃妃が体調を崩したと聞き、玲燕は興味を持った。

「以前、陛下の計らいでちょっとした宴席が行われたの。寒椿の宴よりももっと前、後宮の中で行われた宴よ。だけど、そのときに桃妃様が急に体調を崩されてしまって」

「何かの病ですか？」

「わからないわ。桃林殿の女官にうちの侍女が聞いたのだけど、季節の風邪を引いてしまったようだと。ただ、陛下の主宰する宴席で急にだったから、みんな驚いてしまって」

「へぇ……」

　蓮妃の今の言い方からすると、宴席が始まったときは元気だったのに宴席中に急に体調を崩してしまったのだろう。

風邪で体調が悪くなるのは仕方ないことだが、陛下が主宰する場であれば多少の体調不良は我慢して最後まで参加するはずだ。それを途中で退出するなど、よっぽど切羽詰まっていたのだろう。

(毒かしら?)

すぐにそんな想像が頭をよぎる。

「その日、桃妃様以外に体調を崩された方は?」

「いないわ。桃妃様だけよ。食事が運ばれてきたらすぐに、悪心《おしん》を訴えて」

「食事が始まる前に体調を崩されたのですか?」

「そうよ」

蓮妃が頷く。

(なら、毒ではない?)

今の蓮妃の話が正確ならば、桃妃は食事に口を付ける前に体調を崩している。ならば、毒を盛られたというのは間違っている。

「本当にたくさんの事件が起きたのですね」

「ええ。お陰で、女官達も毎日の噂話が尽きなかったようよ」

大げさに肩を竦める蓮妃を見つめ、玲燕は苦笑する。

その現場は見ていないが、大いに盛り上がる女官達の様子は想像が付いた。

「……菊妃様、お話を聞いてくれてありがとう」

「いえ。私などでよければ、いつでもお聞きしますよ」

玲燕は蓮妃に、にこりと笑いかけた。


菊花殿に戻る最中も、玲燕は歩きながらじっと思考に耽っていた。

（とても難しい事件だわ……）

はっきり言って、状況証拠が揃いすぎている。これでは翠蘭の犯行以外に疑う余地がない。しかし、動機がなんなのかがはっきりしないし、桃妃が後ろで糸を引いたというのもどうにも納得いかない。

そのとき、視界の端に白いものが舞い落ちるのが見えた。

（雪？　どうりで冷えるはずだわ）

ひとつ、またひとつと庭園の地面へと雪が舞い落ちる。

回廊からは、ちょうど庭園のひとつが見えた。手入れされた木々が美しく配置されている。

ぼんやりと景色を眺めていると「あらまあ、珍しい人がいること」と声がした。

玲燕はハッとして、声のほうを見る。そこには何人かの女性がいた。中央にいる一際華やかな襦裙に身を包んだ女性は、貂皮《てんぴ》を羽織っている。貂皮は防寒用の毛皮の中でも特に高価で、高位貴族の女性が好んで使うものだ。

高髻に結われた髪にはいくつもの簪が付いており、唇には鮮やかな紅が塗られていた。

(梅妃様だわ)

梅妃の両側には、数人の女官がいた。そのうちのふたりに見覚えがあり、玲燕はおやっと思う。玲燕を見つめ、意地悪そうに口の端を上げている。

(この人って確か……)

算木を落とした際に足を引っかけてきた女官だ。いつか文句を言ってやろうと思っていたので間違いない。

「梅妃様が通るのです。道を空けなさい」

女官のひとりが不愉快そうに顔をしかめる。先ほどと同じ声だった。

玲燕ははっとして、慌てて回廊の端に寄ると頭を下げた。

「梅妃様。ご無沙汰しておりました」

同じ妃という立場でも、先に入宮して実家の後ろ盾もある梅妃は玲燕より立場が強い。

蓮桂殿と梅園殿は場所が近い。梅妃は後宮内のどこかに出かけて、戻ってきたところなのだろう。

　声をかけられた梅妃はちらりと玲燕を見たが、何も言わずにすぐに視線を前に向け、目の前を通り過ぎる。横にいる女官が小馬鹿にしたようにくすっと笑った。

　玲燕は彼女達の後ろ姿を見送る。

（相手にする価値もない、ということね）

　梅妃の先ほどの態度から、玲燕は彼女が自分を言葉を交わすに足らない相手だと思っているのを感じ取った。

（嫌な感じ……）

　ここ最近忘れていたが、役人達に報酬を踏み倒されて見下された日のことを思い出し、胸の内に苦いものが広がる。

「寒っ」

　寒さにぶるりと身を震わせる。

　雪は先ほどより勢いを増して降り続いている。

「最近は暖かくなってきていたのになあ」

　季節外れの雪は、まだまだ止みそうにない。

　明日の朝には、一面が銀世界になるだろう。

菊花殿に戻ると、門の前には宦官姿の天佑が立っていた。

「栄祐様。このように冷える中、こんなところでどうされました？」

「随分と遅かったではないか」

天佑は玲燕の質問に答える代わりに不機嫌そうに眉を寄せ、玲燕の手を取る。その瞬間、先ほどよりももっと深く、眉間に皺を寄せた。

「手が冷たい。冷え切っているではないか。早く中に入れ」

ぎゅっと手を握られたまま、半ば無理矢理に部屋の中へと放り込まれた。

鈴々が火鉢を用意しておいてくれたようで、室内はとても暖かかった。

(暖かい)

すっかりと冷え切った体に、この暖かさはありがたい。玲燕は火鉢に手をかざし、指先を温めた。パチパチと炭が燃える音が微かに聞こえる。

「今日はとても冷えますね」

「そうだな。雪が舞うほど冷え込むのは珍しい」

天佑も外に立っていたので体が冷えていたのだろう。玲燕と同じように、火鉢に手をかざす。

「それで、一体どこで誰と、何をしていた？」

「回廊でたまたま蓮妃様にお会いして、殿舎にご招待いただきました」

「蓮妃様に？」

「はい。久しぶりに会ったので、色々と話したいことがあると」

「……そうか。それで、なんの話を？」

「主には、天佑様の仰っていたあの事件の話をされておりました」

「何か気になる情報は得られたか？」

「現段階では、犯人は翠蘭であるとされても致し方ないということがわかりました」

「それでは玲燕を呼んだ意味がないではないか」

天佑は呆れたように、玲燕を見る。

「状況証拠が揃いすぎています。酒器には毒が入っており、酒樽には毒がない。そして、その酒器を持っていたのは翠蘭であることは多くの人が目撃している。この事実に相違はありませんか？」

「ない。その通りだ」

「では、犯人は翠蘭とするのが自然です」

天佑は数秒押し黙り、玲燕を見つめる。

「……玲燕は翠蘭が犯人だと思っているのか？」

「感情論を話しているのではありません。私は事実を述べているのです。翠蘭がこんなことをするはずがないと私も思いますが、この状況では誰がどう見ても犯人は翠蘭です」

玲燕は口を噤む。静まりかえった部屋には時折、火鉢からのパチッという炭が弾ける音が響いた。

窺い見た天佑の顔に失望のような色を感じ、玲燕は咄嗟に目を逸らした。まるで『天嶮学などこの程度のものか』と言われているような錯覚を覚える。

視線の先では、火鉢の炭が赤く燃えていた。

今の状況では翠蘭以外の犯人が思い浮かばない。ただ、一介の女官である翠蘭が潤王の暗殺を企むことなど考えにくいので、裏で糸を引いていた誰かがいると考えるのが自然だ。そして、その『誰か』とは翠蘭の主である桃妃と疑われるのも自然な流れだった。

(間違ってはいないはずよ)

けれど、何かが引っかかる。

——我らは錬金術を用いて物事の真理を見極め、あらゆる世の不可解を解明し、また、世の不便を解決するのだ。

天嶮学士であった父が生前によく門下生達に説いていた言葉を思い出す。

(何か見逃していることがないかしら?)

玲燕はもう一度考える。けれど、どんなに考えても何も思いつかなかった。

「桃妃様は絶対に糸を引いていない。それは、間違いない」

火鉢を挟んで向かいに座る天佑が、苦しげに呟く。

「なぜですか？　物事に『絶対』などありません。どうしてそう言い切れるのですか」

何も答えずに眉を寄せる天佑を見て、玲燕は苛立ちを感じた。

（まただわ）

以前にも、天佑が桃妃を庇ったとき、この苛立ちを感じた。

「天佑様。きちんと話していただかないと、犯人を捜すこともできません。どうして桃妃様は絶対に糸を引いていないと言い切れるのです？」

知らず知らずのうちに、口調がきつくなる。天佑は苦しげに口元を歪めた。

「それは言えない。ただ、桃妃様は背後で糸を引いたりはしない。それは確かなのだ」

「それでは話になりません」

玲燕は首を振る。

「雪がひどいので、今日はもうお帰りください。明日の昼頃、私が訪ねます」

「……そうだな」

はあっとため息をついた天佑は、立ち上がると出口へと向かう。ぴしゃりと音を立てて、入り口の戸が閉じられた。

足音が遠ざかり、部屋の中に静謐が訪れる。

シーンと静まりかえった部屋が妙に物寂しく感じるのは、この寒さのせいだろうか。

◇◇◇

翌日は、昨日とは打って変わって快晴だった。朝には薄らと積もっていた雪も、昼前に溶けて消えた。

玲燕は袍服に身を包むと、久しぶりに秘密通路を使って後宮を抜け出した。

「よいしょっと」

所々しか明かりが入ってこない仄暗い通路を抜けると、古い書物と炭の匂いが鼻孔をくすぐる。光琳学士院の書庫は、相変わらず古い書物で溢れかえっていた。

「本当に、たくさん」

玲燕は辺りを見回す。

父を亡くしたあと貧しい暮らしをしていた玲燕にとって、書物はとても高価なものだ。数え切れない書物で溢れるこの書庫は、宝物殿のようにすら感じた。

（少しだけ……）

たまたま目に入った書物を手に取ってみると、有名な思想家の教本の写しだった。玲燕も名前だけは知っているが、中身をしっかりと読んだことはない。

その横も手に取ってみる。それは、かつて後宮に住んでいた公主や皇子達のために作られた、からくり人形の設計図だった。

（これ、すごいわ！）

この一冊だけでも、どれだけの価値があるだろう。興奮で気持ちが高揚する。

玲燕は顔を紅潮させたまま、奥の書棚を見る。

「あそこの、年号が入っているのは何かしら？」

書物庫の一番奥には、年号が入った書物がずらりと並んでいた。一番新しいものは二年前、古いものは四十年ほど前の年号が入っている。玲燕はそのうちの一冊を手に取ると、ぱらぱらと捲る。

「これは、官吏の配置表かしら？」

役所の名称と共に、役職や人物名が記載されている。書物の表紙を見ると、四年ほど前の年号が書かれていた。

（古いものを、保管しているのね）

昨年と今年のものがないのは、書庫ではなく普段使う執務室に置いてあるためだろう。

（そうだ）

玲燕は、吏部を見てみる。

「あれ？」

吏部侍郎には、玲燕の知らない人の名前が書いてあった。

（天佑様、このときはまだ吏部侍郎じゃなかったのね）

侍郎に昇格する前だったのだろうと思いもっと下の位を視線で追うが、見当たらない。

（どこかしら）

他の部署にも目を通していたそのとき、玲燕はとある名前に目を留める。

「甘栄祐？」

そこには、天佑が宦官に扮する際の名である『甘栄祐』の名があった。所属は皇帝に仕え詔勅《しょうちょく》の作成や記録、伝達を行う中書省という部署だ。

（彼は元々、宦官ではなかった？）

しかし、宦官とは去勢した男性のみがなれる職であり、既に官吏の試験に受かって働いている者があとからなるとは考えにくい。

（となると、同姓同名？）

そんな偶然があるのだろうか。

判然としないものを抱えながらも、また一枚ページを捲る。そして、次に玲燕が目を留めたのは光琳学士院の構成員について書かれたページだった。『甘天佑』という名が、しっかりと書かれている。

（天佑様、昔は光琳学士院にいたの？）

以前、噂話に天佑は状元だったと聞いたことがある。

状元とは、官吏になる試験を首席で合格した者に与えられる称号だ。そして、状元は知識の府である光琳学士院に配属されることが多いという話も聞いたことがある。

「てっきり、最初から吏部にいたのだと思い込んでた」

天佑の職歴を詳しく聞き出したことはないので意外に思う。

そのときだ。「甘殿」という大きな声が聞こえて、玲燕はびくりと肩を揺らした。

「お久しぶりです。李老子」

呼びかけに応える声も聞こえてきた。天佑の声だ。

（外から聞こえる？）

玲燕は書庫の扉を少しだけずらし、そっと外を覗く。そこからは、老人と向かい合って立ち話をしている天佑の後ろ姿が見えた。角度的に老人の顔は斜めから見えたが、玲燕は知らない人物だった。

「ちょうど用があったからちょうどよかった。甘殿、一体どういうつもりだ？」

老人が天佑に尋ねる。

その口調は高圧的で、天佑を下に見ていることが透けて見えた。一方の、天佑の態度は極めて冷静で落ち着いていた。

「どういうつもりか、とは？」

「あの、菊妃のことだ。錬金術が得意だとか抜かし陛下の興味を引き、力比べ大会では傍若無人な振る舞いをしたとか。なんでも、甘家ゆかりの娘らしいな」

（私の話をしている？）

菊妃と聞こえてきて、玲燕は耳をそばだてる。

「はい。ふと話の流れで彼女のことを陛下にお話ししたところ、女人で錬金術を嗜むのは珍しいと陛下がひどく気に入られまして。今は、とても寵愛しております」

天佑はあたかも事実であるかのように、そう答える。すると、老人はわかりやすく顔をしかめた。

「噂では、自分は天嶮学を学んだと公言したとか」

探りを入れるように老人は天佑を見つめる。

「我らが天嶮学によりどんな目に遭ったのか忘れたのか？ 私がなんとかしなければ、光琳学士院の存続危機だった。甘家ゆかりの娘ならば、余計なことをしないように進言すべきだ」

「進言しようにも、会う機会もありません」

「弟がいるだろう！」

老人が声を荒らげる。

「とにかく、余計なことをするなと伝えろ」

老人が人差し指を突きつけて天佑に命令するように告げると、「お言葉ですが、李老子」と天佑が答える。

「生憎、李老子は私に命令できる立場にはありません」

「なんだとっ」

「私は既に吏部の人間ですので。書庫にて探し物がありますので、失礼します」

天佑は頭を下げると、くるりと向きを変えてこちらを向く。

（えっ。こっちに来る）

玲燕は咄嗟に隠れようと書庫の奥へと向かう。あわあわしている間に、がらりと入り口の戸が開き、また閉められた。

「……こんにちは」

気まずさを感じ、玲燕はおずおずと挨拶をする。すると、玲燕がここにいると思っていなかったのか、天佑は目を見開く。

「たまたまです。菊花殿から今さっきここに来ました」

「玲燕。いたのか」

「その様子だと、先ほどの会話が聞こえたようだな」

（うっ、ばれてる）

玲燕は目を泳がせる。

「聞こうと思って隠れていたわけではなく、たまたまここにいたら聞こえてきたのです」

「なるほど」

天佑は頷く。

「先ほど菊花殿に行ったら、鈴々が『玲燕様はとっくのとうにそちらに向かいました』と言っていた」

「……申し訳ございません。ここは光琳学士院の古い書物もたくさんあるので、つい興味が湧いてしまいまして」

玲燕がある程度の時間ここにいたことを、天佑はお見通しのようだ。玲燕が肩を竦めると、天佑はやれやれとでも言いたげに息を吐いた。

「それで、何か面白いものはあったか？」

「先ほど、からくり人形の設計図が載った書物がございました。あれ一冊でも、ものすごい価値のあるものです」

　玲燕は胸の前で手を握り、興奮気味に力説する。すると天佑は目をぱちくりとさせ、くくっと笑った。

「そうか。気に入ったなら、好きに読むといい」

「え？　よいのですか？」

「ああ。人に見られないように、こっそりと持ち出せよ」

　その瞬間、玲燕はぱあっと表情を明るくする。

「ありがとうございます！」

　こんなお宝の数々が読み放題だなんて、どんなご褒美だろうか。いつもはさっさと事件を解決して家に帰ろうとばかり思っているのに、今日ばかりはこのままここにいてもいいかもしれないと思ってしまう。

「ところで、今日は見たいものがあってわざわざこちらに来たのだろう？」

「あ、はい。そうです」

　天佑に聞かれ、玲燕は頷く。

「では、案内する」

　天佑は少しだけ戸をずらし、外の様子を窺う。近くに人がいないかを確認しているのだ。

「よし、行こう」

手招きされ、玲燕は天佑のあとを追う。

「天佑様。先ほどのご老人は一体どなたですか？」

「あれは、光琳学士院の李老子だ」

「李老子……。もしかして、錬金術師の李空様ですか」

「ああ、そうだ」

天佑は頷く。

（あれが、李空様……）

以前、鬼火事件の真相を追っている際に天佑から名前を聞いたことがある。

李空は現在の光琳学士院で最も権威ある錬金術師であり、鬼火事件は錬金術では解明できないと言い切った人物だ。

（光琳学士院で勤めることができるほどの錬金術師が集まりながら、なぜあの鬼火事件が解明できなかったのかしら）

当時のことを思い返し、玲燕は改めて疑問を覚える。

元々、鬼火は劉家と懇意にしている錬金術師が劉家からの相談を受けて考えついた手法が使われている。そしてその方法に気付いた別の錬金術師が真似をして、事件を複雑化した。

光琳学士院は光麗国の知識の府。当然、勤めている錬金術師も最高レベルの者達ばかりだ。いくら事件が複雑化していたとはいえ、誰もあの方法に気付かないなんて——。

強い違和感を覚えて考え込んでいると、「着いたぞ」と天佑の声がした。

ハッとして顔を上げると、鍵のかかった木製の戸が目の前にあった。天佑は懐から鍵を取り出すと、それを開ける。

部屋の中にはいくつかの棚があり、その棚には整然と物が並べられていた。

「件《くだん》の事件の証拠品はこれだ」

天佑は棚の一画を指さす。そこには、潤王暗殺未遂事件の日に使われていた証拠品の酒器や銀製の杯などが置かれていた。

まず目に入ったのは、黒ずんだ銀杯だった。液体を満たした部分だけが黒く変色している、砒霜を混入したときの特徴的な現象だ。

「酒器は陶器製なのですね」

「ああ。黄殿が奪い取って投げ捨てた際に一部が欠けてしまっているが、中に僅かに残っていた酒からは毒が検出された」

「なるほど」

玲燕は頷く。

「毒が盛られたのは黄様と陛下のふたりでしたね。毒入りの酒が注がれた、もうひとつの銀杯はどれですか」

「目の前にあるではないか」

天佑は玲燕の前に置かれた銀杯を指さす。玲燕はそれを見て、首を横に振った。

「いいえ、違うと思います。これとは別に、もうひとつあると思うのですが」

「いや。これしかない」

「これしか？」

玲燕は眉根を寄せる。

天佑の指さした銀杯は、美しい輝きを保っていた。けれど、もしも砒霜を入れた酒を満たしたなら、銀は変色するはずなのだ。

「それは、すぐに黄殿が気付いて銀杯を叩き落としたせいで、中の酒が全て零れてしまったせいではないか？」

「中の酒が全て零れてしまったせい……」

そうだろうか。玲燕は少し考え、首を横に振る。

たとえ零れたにしても、全ての酒が銀杯から綺麗に拭い去られるわけではない。必ず、どこかに変色が出るはずだ。

「やはり、違うと思います」

「すり替えられたということか？」

天佑は腕を組む。

「ここは普段、ごく限られた関係者しか入れない」

「そうですか……」

玲燕は入り口にかかっていた鍵を見る。鉄製のしっかりした物で、そう簡単には壊れそうにない。

（その、ごく限られた関係者がすり替えたってこと？）

一体誰が、なんのために？

謎を解くはずが新たな謎に直面し、玲燕は戸惑う。

「ここの鍵を借りた者を調べていただいてもいいでしょうか？」

「もちろんだ。すぐに名簿を作成する」

天佑は頷く。

玲燕はもう一度、ふたつの酒杯を見た。

何か重大な事実を見逃しているような気がしてならなかった。

倉庫を出ると、天佑に「そろそろ午後の茶菓が届く時間だが、執務室に寄っていくか？」と聞かれた。

「茶菓？　是非！」

後宮で出される茶菓も美味しいが、皇城で高位官吏達に出される茶菓もとても美味しいのだ。

目を輝かせる玲燕を見て、天佑は頬を緩める。

「玲燕は、最初に比べて表情豊かになったな」

「……そうですか？」

「全く笑わなかった」

「え？」

そうだろうか。そうだったかもしれない。

天佑に出会ったあの頃は、頼れる人もなく、信じているものを周りからまがいものだと言われ、お金もなく、色々なものに諦めの気持ちを持っていたから。

「笑顔が出るようになってよかったよ」

「……それはどうも」

気に掛けてくれていたのだろうか。

胸がむずがゆいような、不思議な感覚がする。

なんだか気恥ずかしく感じ、玲燕は話題を変える。

「あ、そういえば」

「天佑様は光琳学士院にいらしたのですね。先ほど、書庫で昔の人事配置表を見ました。どんな研究を？」

　玲燕は天佑の横顔を窺う。

（あれ？）

　一瞬強ばったように見えたのは気のせいだろうか。

「忘れた」

「忘れた？　全部？」

「体調を崩してから、記憶が曖昧なんだ」

「体調を……」

　確か以前一緒に礼部を訪れた際、天佑は旧友である李雲流から体調を気遣われていた。彼が心配していたのと同じ体調不良だろうか？

「それは……、今は大丈夫ですか？」

「ああ。だが、毎日が忙しすぎる」

「それはそうでしょうね……」

　ひとつの役職であっても目が回る忙しさのはずなのに、一人二役しているのだから忙しいのは当たり前だ。

「では、しっかりと休憩しないと。茶菓を食べましょう！」

「そうだな」

ぐっと胸元で握りこぶしを作った玲燕を見て、天佑が笑う。
その表情が少し寂しげに陰ったことには、とうとう気がつかなかった。

◆第六章　後宮の闇を解く

器の中にお湯が注がれる。丸い茶葉がゆっくりと広がり、中から飛び出した可愛らしい花がまるで咲いているように見えた。

「うわあ、すごい！　可愛いわ」

蓮妃が興奮気味に器の中を見つめ、すんと鼻から息を吸い込む。

「それに、とてもいい香り」

「お気に召していただけて嬉しく思います。実家から取り寄せたものなのです。おふたりをご招待した甲斐があります」

今日の茶話会の主宰である蘭妃はにっこりと微笑んだ。

（皇都にはいろんなお茶があるのね）

玲燕もまた、初めて見るその飲み物を興味深げに見つめる。工芸茶というらしいが、田舎である東明では飲んだことはおろか、存在すら知られていなかったように思う。

「今日は、暖かいですね」

玲燕は外を眺める。

まだまだ冷え込む日が多いが、着実に春は近づいている。

「もうすぐ梅が咲くかしら?」

蓮妃も外を見る。

「実家にいる頃は梅の季節になると、いつも両親と梅園を見に行ったの。たくさんの梅の花が咲いていてとても綺麗なのよ」

「梅の木なら、梅妃様のいらっしゃる梅園殿にたくさんあるはずだけど——」

蘭妃はそう言いながら、顔をしかめる。

(相変わらず、蘭妃様と梅妃様は仲が悪いのね)

玲燕は苦笑する。

そういえば、作業人が梅妃の逆鱗に触れて井戸の輪軸の工事を請け負う業者が黄家の関連の業者に総入れ替えになった際も、蘭妃のいる香蘭殿だけは元の業者でよいと断ったと聞いた。

「去年、桃妃様にそれを伝えたら、『梅の花ではありませんが、わたくしの殿舎では桃の花が見頃なので見に来てください』ってご招待してくださったの。桃の花も、すごく綺麗だった」

蓮妃はそこまで言って、表情を暗くする。

「桃妃様はお元気かしら?　あの事件のあとから、お姿をお見かけしていないわ」

「時折、内侍省の者達や女官達が桃林殿を出入りしているのを見かけますから、きっとお元気ですよ」

蘭妃は落ち込む蓮妃を励ますように、声をかける。

(なんかこのおふたり、姉妹みたいね)

十二歳の蓮妃に対し、蘭妃は十七歳のはず。歳の差も、ちょうど姉妹のように見える原因だろう。

「わたくしもそう思うんだけど、雪が桃林殿に医官らしき人が出入りしているのを見たって」

「医官?」

玲燕は蓮妃の話に興味を持つ。

「ええ。かなり遠目だったから確証はないみたいなのだけど、以前医官として後宮に来た方に似た人が桃林殿から出てくるのを見たらしいの」

「他人の空似ということは?」

「あり得るわ」

蓮妃は肩を竦める。

(医官……。以前も体調を崩されたみたいだけれど、まだ体調が優れないのかしら……)

天佑に聞いても、桃妃については心配しなくていいと言うだけなので様子がよくわからないのだ。

桃林殿に外から見える大きな動きはないので、きっと大病ではないと思うが――。

「蘭妃様。本日約束していた商人がいらしております」

部屋の隅に控えていた女官が蘭妃に耳打ちするのが聞こえた。

「えっ、もう？　思ったより早いわね」

蘭妃が慌てたような様子を見せる。きっと、元々していた約束より商人が早く到着してしまったのだろう。

「蘭妃様、私はそろそろお暇《いとま》します」

玲燕は蘭妃が気をつかわないように、自分から暇を申し出た。すると、蓮妃もその意図を汲み取ったようで「そういえば、今日は雪と約束があったような――」と言って立ち上がる。

「おふたりとも、申し訳ございません」

蘭妃は恐縮したように身を縮める。

「いえ、気になさらないでください。楽しかったです」

玲燕と蓮妃は微笑み、それぞれの殿舎へと戻ることにした。

回廊を歩いていると、前方から盆に茶菓を載せた女官が近づいてくるのが見えた。

自身の殿舎へと、主の茶菓を運んでいるのだろう。

（もう、そんな時間なのね）

今さっき蘭妃にお茶と菓子を振る舞っていただいたばかりなのだけど、それでも今日のおやつはなんだろうとわくわくしてしまう。すれ違いざまちらりと覗き見ると、柑橘を切ったものが載せられている。

ひらりと揺れる女官の襦裙の裾に、桃の花の刺繍が見えた。桃林殿の女官だ。

（柑橘！　さっぱりしていてちょうどいいわ）

菊花殿に戻ると、今まさに茶菓を取りに行って戻ってきた鈴々と遭遇する。

「あら、玲燕様。ちょうどよかった」

鈴々は玲燕の顔を見るやいなや、笑顔を見せる。

「何がちょうどよかったの？」

「本日の茶菓は蒸し饅頭ですので。温かいうちにお召し上がりくださいませ」

「蒸し饅頭？　柑橘ではなく？」

「柑橘？」

逆に鈴々に不思議そうな顔をされてしまった。

「さっき、他の殿舎の女官が茶菓に柑橘を運んでいるのを見かけたの。茶菓って、殿舎によって違うのかしら？」

「いえ。全部同じです。尚食局《しょうしょくきょく》が全て用意しますので」

「そうよね……」

「もしかして、用意されたものでは足りずに追加で頼んだのかもしれません。私も頼んできましょうか？」

柑橘がないことを不服に思っていると勘違いした鈴々が、立ち上がろうとする。

それを玲燕は「大丈夫！」と慌てて止めた。

さっきも香蘭殿で茶菓を食べたばかりなのに、さすがに食べすぎだ。

「いただきます」

鈴々が持ってきてくれた蒸し饅頭を頬張る。

口の中に、餡の甘さが広がった。


軽食後、玲燕はせっかく空いた時間を有効活用しようと、光琳学士院の書庫に行くことにした。先日天佑から言質《げんち》は取ったので、いつ行ってもいいはずだ。

「鈴々。少し留守にするわ」

「はい。承知しました」

すっかり慣れてしまったようで、鈴々は笑顔で玲燕を送り出してくれた。

玲燕は秘密通路を通り、こっそりと光琳学士院の書庫へと忍び込む。いつもと同じ、古い紙や竹、それに墨の匂いが鼻孔をくすぐる。

「今日は何を読もうかしら？」

こんなにたくさんの書物を読み放題になったことは初めてなので、目移りしてしまう。書架を眺めたり、たまたま目に付いた竹簡を見たりしていた玲燕は、ふと目を留めた。

「これは、光琳学士院に相談された案件の記録ね？」

光琳学士院は、様々な学術的な相談を受ける。表紙に年号が書かれたその書物は、年ごとにどんな依頼を受けたかを子細に記録してあった。

興味が湧いて、玲燕はその表紙を捲る。依頼を受けた案件の内容と共に、その案件を受けた日や光琳学士院の誰が担当したかなどが記載されていた。

「どれどれ……」

最初に目に入った相談は移動に使用される馬具を、より馬に負担を掛けずに効率的に力を伝達するものに改良できないかという相談だった。

「へえ」

読んでいて、思わず感嘆の声が漏れる。

様々な試行錯誤を経て当時の主流だった腹帯式馬具から、器官を圧迫しない胸当て式の馬具へと改良した経緯が記録されている。ふたつの馬具を並べてみるとほんの些細な変化にしか見えないが、最終形に至るまでには何十もの試作品を作り改良を重ねており、先人達の努力が垣間見られた。

「これ、すごく面白いわ」

鞴《ふいご》の性能を上げたい、馬車の振動を軽減したい、田畑により効率的に水を引くことはできないか――。

受ける相談は様々だ。どれも、玲燕にとっては興味深い内容ばかりだった。

「あら？」

夢中になって読み進めていた玲燕は、ふと目に入った文字に目を留める。

（葉秀燕！　お父様の名前だわ！）

同じページに記載されていた依頼を受けた日付を見た瞬間、心臓がドキッと跳ねた。

（これって……）

それは、幼かった玲燕の幸せに終止符が打たれたあの運命の日の、ちょうど一カ月前だった。あの日のことを忘れたことは一度たりともない。なので、記憶違いのわけがない。

（もしかしてこれが、お父様が最後に受けた仕事？）

玲燕は素早く視線を横に移動する。

「菊花殿で菊妃が亡くなった？」

事件のあらましはこうだ。

夏も終わりを告げていた十年前のある日、後宮内にある菊花殿で事件が発生した。そこに住んでいた当時の菊妃が胸から血を流し倒れており、そのまま息絶えたのだ。菊妃の衣服に乱れはなく、現場には紐が結びつけられた小刀が落ちていたという。

当然後宮は大騒ぎになり犯人捜しが始まるが、目撃証言はなく事件の調査は難航を極めた。そこで事件解決のために白羽の矢が立ったのが玲燕の父であった当時の天嶮学士――葉秀燕だった。

「夜に女官が確認した際は異変がなかったのに、朝になったら倒れていて、そのまま息絶えた？」

玲燕は眉を寄せる。

ここから推測されることは、夜間に何者かが菊花殿に侵入し、菊妃を殺害したということだ。しかし、争った形跡などはなく、菊妃は美しい姿のまま死んでいった。

当時のあらゆる情報から秀燕が導き出した結論は『警戒心を持たれないほど親しい者による刺殺』だった。しかし、最終的な結論は当時の皇帝――文王による夜伽がないことを悲観した菊妃による自殺となっている。

紐の付いた刀を天井の梁に引っかけ、手を離すことで胸をひと突きしたようだ。

「ここ、墨を零したのかしら。読めない」

肝心のなぜ父が他殺と断定したのかが書かれた部分が黒く塗りつぶされており、解読できない。

（妃の自殺を、何者かによる他殺だと見誤った……）

これが父が文王の逆鱗に触れた理由だろうか。確かに、不審者が入れないはずの後宮に第三者が侵入し、さらに妃を殺したなどとなれば関係する各所に激震が走る。見誤ったことにより方々からの批判を浴びたことは容易に想像が付く。

（最終的に事件を解決したのは、李空様……）

先日少しだけ見かけた、初老の男性が脳裏に浮かぶ。神経質で気難しそうな男だった。

（…………。なぜお父様は、他殺だと結論づけたのかしら？）

玲燕が知る父――秀燕は、物事を俯瞰し、精緻に観察し、あらゆる情報を総合的に考慮して客観的に結論を導き出す慎重な人だった。確固たる証拠を押さえていたからこそ、他殺だと結論づけたはずなのに。

考え込んでいると入り口の扉ががらりと開く音がして、玲燕はハッとする。

（誰か来る？）

天佑から許可は得ているものの、玲燕はあくまでも本来ここにいるべきではない人間だ。玲燕は慌てて秘密通路に繋がる本棚をずらし、体を滑り込ませる。ちょうど入れ替わるように、誰かが書庫に入ってくる気配がした。

「それで、工事の進捗はどうなっている？」

（この声は、黄連伯様？　もうひとりは誰かしら？）

ひとりは梅妃の父である黄連伯の声だった。もうひとりの声もどこかで聞いたことがあるような気がして、玲燕はそっとその姿を覗き見る。

（あれは、李空様？）

それは、以前天佑と口論していた錬金術師──李空に見えた。

「つつがなく進行しております。数日内に後宮内の全ての輪軸が交換されます。最後が桃林殿です」

「よし。引き続き頼んだぞ」

玲燕は耳を澄ます。

（輪軸……。後宮内の井戸の工事が進んでいるかの進捗確認ね）

そういえば、輪軸の交換工事をしているのは黄家が手配した業者だったと思い出す。

「それで、その他の準備はどうなっている？」

「それについてですが──」

ふたりはまだまだ去りそうにない。

（このままここで待つのは時間がもったいないかしら）

玲燕はそう判断すると、そっとその場を離れて菊花殿へと戻っていった。

菊花殿に戻ると、鈴々から「早かったですね」と声をかけられた。

「うん。人がいたから戻ってきたの」

「さようですか」

鈴々は頷く。

「先ほど内侍省で甘様より言付けを預かってきました」

「天佑様から？　一体何を？」

「『倉庫には誰も出入りしていなかった』と。言えばわかると仰っておりましたが」

聞いてすぐに、先日毒物混入に使用された銀杯を見せてもらった際に、倉庫に出入りした人の情報がほしいと願い出た件の回答だと気付く。

天佑は早速それを調べてくれたのだろう。

（うーん。誰もいない……。例外は天佑様くらいね）

あの倉庫に保管されていた銀杯はふたつ。ひとつはしっかりと銀杯が変色して砒霜混入の明らかな特徴が見られたのに、もうひとつはその形跡が一切見られなかった。

玲燕はあそこに置かれていた銀杯は毒物が入れられたものではないと判断した。その判断が間違っていた？

「あー。わからないことだらけだわ」

玲燕は両手で顔を覆い、椅子の背もたれに背を預けて天を仰ぐ。

事件解決のために天佑に請われてここに来た。それなのに、解決の糸口すら掴めない。

今、この場で最も疑わしき人間を述べよと言われたら、玲燕は『翠蘭』と答える。だが、彼女の人となりを知っているだけに『それは間違っている』と自分の中で葛藤があった。

（きっと何かを見逃している。何か――）

目をしっかり開けて、それを見つけ出さなければ。

そうしなければ、自分がここにいる意味がない。

◇　◇　◇

玲燕は正面に座る男をそっと窺い見る。

碁盤を見つめる伏せた目は相変わらず鋭さがあり、数カ月前となんら変わらないように見えた。少なくとも、つい最近殺されそうになったことに対して怯えている様子はない。

パチッと碁石を置く音がする。潤王が顔を上げた。

「何か、俺に聞きたげだな？」

玲燕はこちらを見つめる潤王を見返した。

「ばれましたか？」

「当たり前だ。熱い視線を送ってくる割に、恋情の気配が全くない」

「陛下に恋情はありませんので」

「ひどいな。仮初めでも、夫だというのに」

潤王が玲燕の腕をぐいっと引く。その弾みに袖が碁盤に触れ、碁石が木製の床に落ちる音が部屋に響いた。

鼻先が付きそうな距離から、口元に笑みを浮かべた潤王が玲燕を見つめる。玲燕は目をしっかりと開けたまま、彼を見返した。

「この距離になったら目を閉じろ」

「嫌です。何をされるかわかりませんので」

きっぱりと言い切ると潤王は目を見開き、玲燕の腕を離してけらけらと笑いだす。

「多くの女が俺の寵を望んでいるというのに」

「私は望んでいません」

「まあ、そうだろうな」

潤王はなおも笑い続ける。足元には落ちた碁石が散らばっていた。

「それよりも陛下。今、負けそうになったから対局をなかったことにしましたね？」

「なんのことだ？」

器用に片眉を上げる潤王を見つめ、玲燕は肩を竦める。

こんな負けず嫌い、最近どこかでも見たような。

「話を戻しますが、陛下の仰る通り、聞きたいことがあります。お聞きしても？」

「質問によるな」

潤王は尊大な態度で腕を組む。

「では、答えられない質問にはお答えいただかなくて結構です」

玲燕は頷く。

「今回の毒物混入の事件に関してです。事件の際、陛下はお酒を飲もうとして何か変化を感じましたか？」

「いや、感じなかった。匂いも見た目も普通の酒だったな」

「口を付けようとしたところ、黄連伯様がそれを阻止された？」

「ああ、そうだ」

「酒を注いだのは、桃妃様付きの女官――翠蘭様で間違いありませんか？」

「名前までは知らぬ。ただ、女官が黄に突き飛ばされた際に、桃妃が慌てた様子を見せて『翠蘭！』と叫ぶのを聞いた」

「なるほど。よくわかりました」

玲燕は相づちを打つ。

当時の状況はもう数え切れないほど聞いたが、目新しい情報はなさそうだ。

「では、次の質問をさせてください。桃妃様は最近どんなご様子ですか？」

「桃妃？　知らんな」

潤王は興味なさげに首を振る。

その態度に、玲燕はピンときた。

（嘘をついているわ）

桃妃は潤王暗殺事件の重要な容疑者のひとりだ。何をしているか、逐一潤王のところに報告が入るはず。それなのに知らないなど、あり得ない。

「以前、宴会で体調を崩されたと聞きました。もう体調は大丈夫でしょうか」

「何も聞かないから、大丈夫なのだろう」

潤王は素っ気なく答える。

（教えるつもりはないということね）

これ以上、この話題について聞いても潤王は答えるつもりがなさそうに見える。

けれど、その態度は却って玲燕の興味を引いた。

（……もしかして、ご懐妊？）

色々と考えて、その可能性が一番高いように感じる。

以前宴席で食事を運ばれたとき体調を崩したのは、食べ物の匂いによる悪阻《つわり》なのではないだろうか。

天佑が桃妃の様子を教えてくれないことも、桃妃は犯人ではないと言うことも、彼女が妊娠しているとすれば説明が付く。

未来の皇帝を身籠もっているかもしれないということは、ある程度の時期になるまで極秘事項だ。

そして、子供を身籠もった桃妃が潤王を暗殺しようとするわけがないことも至極当然だった。ここで潤王が亡くなれば、子供が即位する前に別の皇族が即位することは火を見るよりも明らかだ。

（となると、犯人はやっぱり翠蘭ではない……）

あの事件を改めて振り返ると、奇妙な点ばかりが目に付く。

どうして銀杯を使っているとわかっているのに毒に砒霜を使ったのか？

どうやって犯人は翠蘭の持っていた酒器にだけ毒を混入したのか？

そして、どうして潤王が使っていた酒杯を入れ替えたのか？

（……もしかして、最初から潤王を殺す気などなかったのでは？）

ふと、そんなことを思った。

そう考えると、見え方が一八十度変わってくる。

犯人は潤王を最初から殺す気などなく、混入がばれることを見越して毒を混ぜた。

そして犯人として疑われたのは桃妃とその女官だ。

(桃妃に罪をかぶせて、妃の座から引きずり下ろしたかった?)

だとすれば、怪しき人物が変わってくる。

懐妊している可能性がある桃妃がいなくなって得する人間の筆頭は、梅妃、蘭妃、蓮妃の三人だ。そして、翠蘭の酒器に毒を混入できたのはたったひとりだけ……。

(もしかして、犯人は――)

黙り込んでいると、「聞きたいことはそれだけか?」と潤王の声がして玲燕はハッとした。

気付けば、潤王がこちらをじっと眺めている。

「いえ! では、あとひとつだけ」

「質問攻めだな」

潤王はハッと笑う。

迷ったものの、玲燕は今さっき思いついた推理を潤王に話すのはやめることにした。全てが想像なので、証拠固めが必要だ。

「昔の事件について、ご存じだったら教えてほしいのです」

「昔というと？」

「菊花殿で起きた菊妃の自害についてです」

潤王の眉がぴくりと動く。

「なぜそれを聞く？」

「偶然、光琳学士院の書庫で資料を見つけて読んだのです」

「父親の名を見つけたというところか？」

「はい」

玲燕は頷く。

「なら、書いてある通りだ。ある晩、後宮内の菊花殿で妃のひとりが胸をひと突きされて倒れていた。当初は他殺かと疑われて大騒ぎになったが、結論は自殺だった。当時の天嶮学士であった男は大きな過ちを犯したとして、ときの皇帝の逆鱗に触れた」

「……そうですか」

玲燕は黙り込む。

もしかしたら潤王の口から何か新事実を聞けるかもしれないと期待していただけに、落胆が大きい。

「先ほど、光琳学士院の書物庫で偶然資料を見たと言ったか？」

塞ぎ込む玲燕に、潤王が逆に尋ねてきた。

「はい、そうです」

「偶然、ね」

潤王は意味ありげに笑いを漏らす。

「ひとつだけいいことを教えてやろう。天佑の死んだ兄弟はかつて、光琳学士院に依頼されたとある案件に疑問を覚えて、調べ直していた。その最中の、非業の死だ」

「とある事件？」

「菊妃の自害についてだ」

玲燕は眉根を寄せる。天佑の死んだ兄弟とは、弟の甘栄祐のことだろう。彼がなぜ、光琳学士院に依頼されていた過去の案件を調べ直したりしたのだろうか。

「……甘栄祐様は、なぜお亡くなりになったのですか？」

彼については、疑問だらけだ。元々中書省にいたのに、ある日突然宦官になって内侍省にいくなど、通常では考えられない。

「事故ということになっているな」

「なっている？」

玲燕は眉根を寄せる。今の言い方では、潤王はそうだとは思っていないと言っているように聞こえた。

「亡くなったのはいつですか？」

「俺が即位する直前だ」

（あれ？）

聞いた瞬間、違和感を覚えた。

潤王が即位する直前に、栄祐は亡くなった。しかし、先日見た記録では、栄祐が内侍省に入ったのは潤王の即位したあとだ。

（宦官の栄祐様は、最初から天佑様だった？）

つまり、三年前のある日、甘栄祐はなんらかの事情で宦官になった。しかし、内侍省に入省する前に息絶え、代わりに天佑が一人二役をすることになった。

（意味がわからないわ）

時期的に考えて、死因は宦官になるために男性器を切り落としたことによる感染症だろうか。

考え込む玲燕を見つめ、潤王は意味ありげに笑う。

「十分に諷示《ふうじ》してやった。天嶮学の汚名を晴らすことを目指すならば、あとは自分で考えろ」

潤王はすっくと立ち上がる。

「今宵も楽しかった。次に会うときは、事件を解決したときだといいな」

ひらひらと手を振って背を向けた潤王を、玲燕は呆然と見送る。

「十分に諷示してやった？」

一体どういうことだろう。

しんと静まりかえった部屋でひとり、考える。

はっきりとわかったことはひとつだけ。潤王はこの期に及んで、玲燕の技量を試そうとしているということだ。

（本当に、わからないことだらけ）

玲燕はため息を吐き、後宮に戻ろうと立ち上がる。

殿舎の戸を開けると、冷たい風が体を打つ。

「寒っ！」

潤王の居室は常に快適な状態に整えられているので、こんなに冷え込んでいるとは気付かなかった。

白い息を吐き、階段の下へ視線を移すと人影があった。

その背格好に見覚えがあり、玲燕は目を凝らした。

「天佑様？」

そう言ってから、ハッとして口元を押さえる。

幞頭を被って袍服を着た姿は、甘栄祐として宦官のふりをしているときの格好だ。

「こんな寒い中、どうされたのですか？」

「そろそろ、玲燕が戻る頃だと思ったから」

階段に腰を掛けて空を眺めていた天佑は、玲燕が来たことに気付くと柔らかく微笑んで立ち上がる。

「今宵は冷えますね」

「そうだな。寒の戻りで、明日の朝は井戸が薄く凍っているかもしれない」

「本当に」

「寒いからか、今日は星がよく見えた」

天祐は夜空を見上げる。

「待ちながら、星を見ていたのですか？」

「ああ」

玲燕も夜空を見上げた。

「天球には千五百六十五の星がございますから」

「千五百六十五？　そんなにか」

感嘆したように、天佑は目を細める。

「天文図があれば、どこにどの星座があるかわかるのですが」

両親が健在な頃は実家に立派な天文図があった。極星を中心として、放射線状に二十八の宿が広がり、様々な星座が描かれたものだ。

「天文図なら、屋敷にあった気がするな。今度、持ってこよう」

「ありがとうございます」

墨を垂らしたような空に広がる満天の星は、かつて父から星座を学んだときと同じ輝きを放っている。

「今宵も囲碁を?」

「はい。でも、私が勝ちそうになったら陛下が碁石を全て床になぎ落としてしまったのです。とんでもない負けず嫌いです」

「ははっ」

天佑は肩を揺らして笑う。

その横顔を見ていたら、玲燕までなんだかおかしくなった。


菊花殿に戻ると、鈴々が寝ずに待っていてくれた。

「こんなに遅い時間なのに」

「そろそろ玲燕様が戻られると思ったので。予想通りでした」

鈴々は眠さを見せない笑顔で微笑む。その心遣いに気分がほっこりする。

「もう遅いですので、すぐにお休みください」

「うん、ありがとう」

玲燕は素直に頷き、寝台に横になる。灯籠の明かりで、部屋の中はぼんやりと照らされていた。

ふと、まっすぐに見上げた天井に走る梁が見えた。

「梁……。そういえば……」

死んだ菊妃は、寝台の上で倒れていたという。

（刀を引っかけた梁はあれかしら？）

先日書庫で見た、菊花殿で起きた菊妃自害事件。それは、天井に紐で引っかけた刀が寝台に落ちてきて、胸をひと突きしたというものだった。確かに、ちょうどいい場所に梁が一本走っている。

（亡くなった栄祐様はその事件に疑問を持ったって仰っていたかしら？）

その古びた梁を見つめていたら、玲燕の中にもむくむくと疑問が湧いた。

「そもそも、なんで梁に刀を引っかけるなんて面倒くさいことをしたのかしら？」

皇帝の寵愛がないことに悲観した妃。死にたかったら、自分で胸をひと突きすればいいだけなのに。

「玲燕様。お休みなら明かりを消しましょうか？」

寝台で仰向けになっている玲燕に気付き、鈴々が声をかけてきた。

「……ねえ、鈴々」

「はい」

「死にたいけど自分では胸をひと突きせずに、天井から刀を落とすってどういう心理状態かしら？」

「死にたいけど？」

突拍子もない質問に鈴々の目が大きく見開く。

「あ。もちろん、私のことじゃないわよ。ただ、そういう事件があったという文章を見たの」

「もしや、先代の菊妃様でございますか？」

「……事件のことを知っているの？」

「もちろんです。当時、大騒ぎになりましたから」

それはそうだろうな、と玲燕も思う。

後宮で妃のひとりが、胸をひと突きされて息絶えている。

考えただけでも、大混乱するのが容易に想像できた。

「発見した女官の証言では、発見当時菊妃様は既に虫の息で、『愛していると言ったのに、どうして――』と言って息絶えたそうです」

鈴々はその様子を想像したのか、沈痛な面持ちを浮かべる。

『愛していると言ったのに、どうして――』

　愛していると言ったのに、どうしてわたくしを夜伽に呼んでくださらないの？　という菊妃の悲痛な叫びが聞こえてくる気がした。

「私はその菊妃様ではないので想像でしかありませんが……」

　鈴々は視線を宙になげ、物憂げな表情で前置きする。

「自分で刺す勇気がなかった、というところでございましょうか」

「自分で刺す勇気がなかった……」

　玲燕は口の中で鈴々の言った言葉を呟く。

　確かに紐を使った方法であれば、紐を持った手を離しさえすれば刀が落ちてくるので恐怖心は幾分か軽減されるかもしれない。

「でも、ここに来て奇妙に思いました。私はその事件の経緯を知っていたので、菊花殿はさぞかし天井が高い特殊な構造をしているのだと思っていたのです。この程度の場所から刀を落とし、胸に突き刺さるものなのでしょうか」

　鈴々は天井を見上げ言葉を続ける。

　その言葉を聞いた瞬間、ハッとした。

　玲燕は天井の梁を見る。高さは三メートルほどだろうか。

（確かに、低いわ）

物を落とした際に地面に加わる力は、落とした高さとその物の重さに比例すると天嶮学で習ったことがある。こんな高さから小刀を落とし、胸に突き刺さるのだろうかという鈴々と同じ疑問を覚えた。さらに、菊妃は服も着ていたはずだからその分力が分散されるし、まっすぐに突き刺さるとも限らないのに。

(刀が重かった?)

玲燕は、すぐに違うだろうと首を横にする。小刀が重いといっても、限度がある。

(じゃあ、なんで?)

そう考えて、ひとつの想像に至る。

(本当は、お父様が言う通り他殺だった?)

もしそうだったら?

そして、死んだ栄祐がそのことに気付いて調べていたとしたら?

『十分に諷示してやった。あとは自分で考えろ』

先ほどの潤王の言葉がよみがえる。

(もしかして――)

心臓の音がうるさく鳴るのを感じた。

◇　◇　◇

眠気を感じて、ふあっとあくびを噛み殺す。

鈴々が玲燕を見つめ、不思議そうに首を傾げた。

「昨晩はあまり眠れませんでしたか？」

「うん、ちょっと……」

玲燕は言葉を濁す。

事実、昨晩は色んなことを考えて眠れなかった。けれど、バラバラになっていた部品が少しずつ組み上がってゆくような、確かな手応えを感じていた。

（推測が正しいかを確認するには、やっぱり桃妃様に直接お会いするしかないわね）

現在、桃妃は潤王暗殺事件の重要な容疑者であるとして桃林殿から出ることを許されていない。ならば、こちらから出向くまでだ。

「鈴々、出かけるわ」

「どちらに？」

「散歩よ」

玲燕の言葉を疑問に思うこともなく、鈴々は「かしこまりました」と頷く。

「じゃあ、行きましょう」

玲燕はまっすぐに桃林殿へ向かって歩き始める。目的の場所に近づくにつれて、何やら騒がしいことに気付いた。

「随分と騒がしいですね」

鈴々は喧噪の方向に目を凝らし、怪訝な顔をした。それは、ちょうど桃林殿の方角だった。

「本当ね。どうしたのかしら？」

玲燕も進行方向に目を凝らす。なぜか、胸騒ぎがした。

桃林殿の前には、たくさんの人々が集まっていた。女官に宦官、それに、厳つい姿の男達は武官だろうか。

「栄祐様！」

玲燕は見知った人の姿を見つけ、声をかける。

「玲燕か」

こちらを振り返った天佑の表情は、硬く強ばっていた。

「何がありました？」

「桃妃付きの女官のひとりが、死んだ」

天佑は強ばった表情のまま、答える。

「桃妃様付きの女官が？」

玲燕は現場を見ようと、人混みをかき分けて前に出た。

目の前に、庭園が広がる。庭園にはたくさんの木が生えていた。桃の木のようで、ピンク色の蕾がたくさん付いている。

その木の下には、真っ青な顔をした女官達がいた。周りを取り囲む宦官や衛士達に状況を説明している。

「だから何度も言う通り、水を飲んだら突然苦しみだしたのです。今朝のことです」

女官が涙ながらにそう言っているのが聞こえた。

(水を飲んだら苦しみだした？　毒ってこと？)

「その水は、どこの水です？」

玲燕は思わず、横から口を挟む。

「なんだ、お前は？」

衛士のひとりが怪訝な顔をして追い払おうとしてきたが、宦官姿の天佑が「このお方は菊妃様だ」と言うと黙る。

「井戸の水です。そこの」

女官が庭園の一角を指さす。そこには、彼女の言う通り井戸があった。

「他にこの井戸の水を飲んだ方は？」

「今朝はいません」

「昨日はいた？」

「はい。昨晩は多くの者が飲んでおりました。昨日、輪軸が新しくなったので水を汲み上げるのが楽になったと皆で話しながら飲みました。私もその場にいました」

女官がこくこくと頷く。

「となると、昨晩、桃林殿の者達が寝静まったあとに何者かによって毒が混入されたということか？」

横で一緒に話を聞いていた天佑が唸る。

「昨晩、不審者は？」

天佑は衛士に問う。

「誰もおりませんでした」

桃林殿の警備を担当していた衛士は青い顔で首を左右に振る。

「闇夜に紛れたのかもしれないぞ」

「よそ見していたのではないか？」

周囲にいる人々が、好き勝手に自らの推理を言い始めた。

その横で、玲燕は腕を組む。

（深夜に紛れ、毒を井戸に混入した？）

衛士の『不審者はいなかった』という証言を信じるなら、桃林殿内部の人間が行った犯行ということになる。だが、そんなことをするだろうか。

「井戸に関して、何か気になったことはありませんか？」

「気になったこと？」

「なんでもいいのです。いつもと違うことがありませんでしたか？」

玲燕は真剣な面持ちで、女官に尋ねる。

「……輪軸が昨日交換されました」

「ええ、それはさっき聞いたわ。他には？」

玲燕は問い返す。

後宮内部の井戸の輪軸を順次交換していることは、以前より聞いている。なんら不審な点はない。

「えーっと……、昨晩は井戸に氷が浮いていて、珍しいこともあると皆で話していました」

「氷？」

玲燕はバッと体の向きを変えると井戸の中を覗き込む。暗い井戸の奥に水面が見えるが、氷は浮いていない。

「浮いていませんが？」

「昨晩の話です。もう、溶けたのかと」

女官は困惑したように、言う。

（まだ巳一つ刻なのに……。おかしいわね）

一日の気温は時間により変化する。一般的には日中の未の刻に一番気温が上がり、日が昇る直前の寅三つ刻に一番下がる。夜寝る前に氷が張っていたのなら、朝は氷が広がっているはずなのだ。

今はまだ巳一つ刻。氷が全て溶けるには早すぎる。

（前日の夜間の氷が、昨晩まで残っていたってこと？）

けれど、昨日の明け方はそんなに冷えていなかった。むしろ、昨晩急に冷えた印象だ。

（なら、どうして？）

そして、ハッとする。

（誰かが氷を井戸に入れた？）

その瞬間、玲燕の中でこれまでの全ての謎がひとつの筋となって繋がってゆく。

「この謎、解けたかもしれません」

「解けた？」

「はい。天佑様、至急で調べていただきたいことがあります。もし予想が当たっていたならば……潤王陛下の御前で、ご説明して差し上げましょう」

玲燕は口の端を上げ、天佑にそう言い切った。

◇　◇　◇

翌日、玲燕は朝議の場へと呼び出された。

朝議とは皇帝の御前で各省部の者達が報告を行う定例会議で、朝廷の有力者が一堂に会する場でもある。

玲燕は物陰からそっと朝議の様子を窺う。

一段高い位置に座る潤王の前に、ずらりと官吏や宦官達が並んでいるのが見えた。

後宮内部の井戸の輪軸交換作業が全て完了したという報告もされているのが聞こえた。

定例の報告が終わる。

「昨晩、後宮で恐ろしい事件が発生した。この件で、菊妃が犯人を突き止めたので、ここで説明してもらおうと思う」

いつもなら閉会の言葉を言うはずの潤王が発した言葉に、一同は困惑したようにどよめいた。

「菊妃、ここへ」

「はい」

潤王に呼ばれ、玲燕はすっと息を吸って深呼吸してから、前へと出る。突然の菊妃の登場に、朝議の場はざわざわと騒めく。

「静粛に」

潤王の言葉に、辺りが一瞬で水を打ったように静まりかえる。

「菊妃。事件について、真相を話してくれるか？」

「はい、もちろんです」

玲燕は緊張の面持ちで、頷いた。

「昨日の朝、後宮の内部にある桃林殿でひとつの事件が起きました。井戸に毒が混入され、それを飲んだ女官がひとり亡くなったのです」

玲燕の話を聞き、朝議の会場は再び騒めく。この事件については、知っている者もいたが、知らない者もまだ多かったからだ。

「この事件の犯人ですが、様々な状況証拠から、私は昨日桃林殿で井戸の輪軸の交換工事をした男だと判断しました。彼は工事のどさくさに紛れて、井戸の中に毒入りの氷を落としたのです。氷にしたのは、工事した時間と第一の被害者が出る時間に差を付けるためです。毒を直接入れればすぐに効果が現れてしまい、犯人だと疑われてしまいます。しかし、氷にしておけば溶け出すまでに時間がかかりますから、数時間の時間差を生むことができます」

周囲から、「なるほど」という声と共に、「なぜ工事の男がそんなことを？」という至極真っ当な疑問の声が聞こえてきた。

「なぜこの男がこんなことをしたのか、とても不思議ですね。それについて、これからお話ししましょう」

玲燕は周囲を見回す。誰もが固唾《かたず》を呑んで、玲燕の次の言葉を待っていた。

「話は少し前に戻ります。ここ最近、陛下の周りでは色々な事件が発生しました。第一に鬼火事件、第二に暗殺未遂事件、第三に桃林殿の女官殺害事件です。これらの事件はそれぞれ別々に見えますが、実は全てが繋がっていたのです」

そこまで言ったとき、「待て」と声が上がった。

「何を言っている！　鬼火の犯人は劉家と高家だと、お前が言ったのではないか」

聞いていた官吏のひとりが、立ち上がってそう指摘する。

「今は菊妃が話している」

潤王の牽制で、官吏はしぶしぶと顔をしかめて再び腰を下ろした。

「私は前回の鬼火の事件の際、ひとつ大きな見逃しをしました」

「犯人が間違っていたということか？」

潤王が問い返す。

「いいえ。犯人は劉様と高様で間違いありません。ただ、そのふたつの家門に隠れてあの事件を行うことを陰で後押しした、黒幕がいたことを見逃していたのです。そしてその黒幕こそ、これらの三つの事件全てに関わった犯人になります」

「ほう。それで、その黒幕とは？」

潤王は玉座に座ったまま、少し身を乗り出して興味深げに玲燕を見つめる。

「そちらにいらっしゃる、黄連伯様です」

その瞬間、周囲に今までで一番大きな騒めきが起きた。「黄殿が？」「信じられん」という声が方々から聞こえてくる。

一方の、名指しされた黄連伯は大きく目を見開き、次いで怒りに顔を真っ赤にした。

「貴様！」

黄連伯が憤慨して声を上げる。

「信じられぬ、許しがたい侮辱だ！　私ほど忠義に厚い男はこの光麗国中を探しても――」

怒りにまかせて、黄連伯が玲燕に掴みかかろうとする。

しかしその手が玲燕に届く前に、さっと目の前に影が現れた。

「潤王陛下の妃であられる菊妃様に手を出すとは、不敬ですよ」

颯爽と現れてそう言ったのは、玲燕の近くに控えていた女官の鈴々だった。か弱い女性とは思えぬ荒技で、黄連伯の腕を捻《ね》じ上げている。

「ぐっ！」

黄連伯の口から苦しげな声が漏れた。腕を掴む鈴々の手が外れないのか、額に血管が浮かび上がり、顔は先ほどよりさらに赤くなっている。

「鈴々、手加減してやれ。腕が折れてしまう」

潤王の制止で鈴々の手が緩む。黄連伯は慌てたように後ろに飛び退いた。

「誰ぞか、この女官を捕らえよ！　私にこのようなことをしてただで済むと思っているのか！」

「あら、むしろ感謝していただきたいです。私が制止しなければ黄様は菊妃様を傷つけた罪でこの場で処刑になっていましたよ？」

鈴々は涼しげな表情を崩さず、黄連伯に言い返した。

（鈴々って、ただの女官じゃない……？）

玲燕は驚いた。

今の身のこなしは、ただ者ではなかった。ふと、後宮に初めて来た日に天佑が『鈴々がいるから大丈夫だと思うが』と零していたことを思い出す。

（もしかして、私の護衛も兼ねていたの？）

今更ながらに知った事実に衝撃を受ける。

一方の黄連伯は、今にも射殺しそうな目で玲燕を睨み付けていた。

「菊妃よ。続きを」

潤王に促され、玲燕はハッとする。

「はい。あの事件を解決したとき、私は光琳学士院が事件を解決できないと言っていたことに強い違和感を覚えました。知識の府である光琳学士院の面々に、あの手法が思いつかないなどあり得るのだろうかと。けれど、『解決するつもりがなかった』と考えれば納得がいきます」

「解決するつもりがなかった？」

潤王が問い返す。

「はい。あの事件は陛下の失脚を狙ってのもの。黄家にとっては都合がよかったのです」

「ふざけるな！　我が黄家は娘が陛下の妃になっているのだぞ。陛下の失脚が都合がいいわけがないだろう！」

黄連伯が叫ぶ。

「いいえ、都合がよかったのです。つまり、梅妃様は妊娠できないお体なのです」

玲燕はきっぱりと言い切った。

「皇后になれる可能性が高いのは、未来の皇帝を身籠もった女性。しかし、梅妃様にはそれができない。その事実を知られる前に、後宮が解体されることをあなた様は望んでいた。ところが、二月ほど前の宴の最中、食事が運ばれてきただけで桃妃が体調を崩した。そんな桃妃を見て、梅妃様と黄様はすぐに懐妊を疑いました。そして、それが間違いないと確信した黄様は、桃妃様を排除しようと企みます。それが、寒椿の宴の事件です」

「何を言うか！　あれは、私が陛下をお助けしたのだ！」

「違います。なぜなら、陛下の酒杯には元々毒など入っておりませんでした」

玲燕は首を横に振る。

「どういうことだ？」

近くにいた天佑が玲燕に尋ねる。

「黄様の酒杯に盛られた砒霜。あれは、黄様ご本人が自分の酒杯に混入したのです。そして、次に酒を注がれた陛下が口にする前に陛下の酒杯を叩き落とし、毒が混入していると叫んだ」

「酒器に入っていた砒霜はどう説明するつもりだ！」

「それも、翠蘭から酒器を取り上げた際に、混乱に乗じてご自分で入れたのでしょう。私はなぜ黄様の酒器は黒ずんだのに陛下の酒器は黒ずまなかったのか、疑問でした。答えは単純明快で、陛下の酒器に毒など入っていなかったのです」

玲燕はまっすぐに黄連伯を見返す。

「犯行は非常にうまくいきました。犯人はどう考えても桃妃付きの女官。通常で考えれば、桃妃の地位剥奪は免れません。ところが、ここで想定外の出来事が起きます。陛下が桃妃の罪を疑問視し、罰しようとしなかったことです。だから、あなたは第二の手段に移り、つまり、桃妃を殺すことにした」

「……………」

「方法は至って簡単です。ちょうど予定されていた輪軸の工事の際、工事の者の不手際を批難して工事する者を自分の息のかかった者に変える。そして、なんら疑われることなく関係者を桃林殿に入り込ませる機会を得ることに成功した。あとは、輪軸の交換のために桃林殿を訪れる工事の者に毒入りの氷を持たせ、それを井戸の中に落とすように伝えるだけです。氷にしたのは、輪軸の工事の時間と井戸の水を飲んで死ぬ時間をできるだけ離したかったからでしょう。氷の中に砒霜を入れれば、溶けるまで時間を稼ぐことができますから」

「非常に面白い推理だが、お前が言っていることは全て推測の域を出ない。何を以《もっ》て、そのようなことを言っているのか」

黄連伯は話にならないと言いたげに、手を振る。

「証人ならおります。輪軸の工事をした者が、黄様より氷を持たされたと言っておりました。それに、昨晩翠蘭のところに確認に行っていただきました。『陛下の酒が減っているようだ』と黄様から言われたと証言しています。あとは……梅妃様の診察をした医師の証言も必要ですか？」

　昨日事件の真相を見抜いた玲燕は、天佑に頼んで一通りの証言取りをした。その結果は全て、玲燕の推理を裏付けるものだった。

「なっ！」

　冷ややかな表情のまま玲燕が聞き返すと、黄連伯は怯んだように目を見開く。

「黄。そなたの負けだ」

　玲燕と黄連伯の様子を眺めていた潤王は、片手を上げる。

「その者を捕らえよ」

　潤王の命令で、黄連伯が衛士達に取り押さえられる。黄連伯は潤王を見上げ、観念したように肩を落とした。

　両脇を抱えられて連行されてゆく黄連伯は、ふと玲燕に目を向けた。

「私にとっての一番の想定外は、お前のような女が妃に迎えられたことだ」

　悔しげに口元をゆがめた黄連伯は聞き取れるか聞き取れないかのぎりぎりの声で、そう言った。

　半ば引きずられるように歩くその後ろ姿を、玲燕はいつまでも見つめた。

◇　◇　◇

昨日は怒濤の一日だった。

最初は容疑を否定していた黄連伯だったが、様々な状況証拠や証言が出てくるにつれて言い逃れができないと判断したのか、今は黙秘をしているという。

「待たせたな。細々とした雑務に追われていた」

昼頃、そう言いながら菊花殿に入ってきたのは玲燕の待ち人である天佑その人だった。今日、玲燕は潤王と謁見することになっているのだ。

昨日とは打って変わり、天佑は袍服を着て幞頭を被った宦官の姿をしている。

「朝来るつもりだったのだが遅くなって悪かったな。昨日、色々あって疲れているだろう？　よく眠れたか？」

玲燕は無言で首を横に振る。

事実、昨晩もその前日も、気持ちが昂ぶっていたせいかほとんど寝ていない。けれど、まだ興奮が続いているのかさほど眠気はなかった。

「睡眠不足は万病の元だ。きちんと寝ろよ」

天佑は肩を竦める。

「気になることがあり、確認するまでは眠れそうにありません」

「ほう。どんな？」

天佑は玲燕の向かいに座ると、興味深げにこちらを見る。

「天佑様のことです」

「俺？」

天佑は怪訝な顔をする。

玲燕はぎゅっと両手を握り、息を吸った。

「それとも、〝栄祐様〟と呼んだほうがよろしいでしょうか？」

気楽な態度で聞いていた天佑の眉がピクリと動く。

「この格好のときは、栄祐だな」

「そうではありません」

「なら、どういう意味だ？」

「あなたは甘天佑ではなく、甘栄祐様ですね。本当の甘天佑様はもう亡くなっているのでしょう？」

玲燕は射貫くように、天佑を見つめる。

天佑の形のよい唇が、弧を描いた。

「なぜ、そう思った？」

「思い返せばこれまでに、たくさんの諷示がありました」

本当にたくさんの諷示があった。

兄が天嶮学を習っているという天佑に対し、兄の存在が確認できないこと。

逆に幼少期から天佑を知る桃妃は、彼こそが天嶮学を習っていたと言うこと。

甘栄祐が消えたのと同時に、甘天佑も全く別の部署に異動していたこと。

その前後に体調を崩し、以前の記憶が曖昧だということ……。

「三年前のある日、光琳学士院にいた甘天佑様は過去の資料を眺めていてとある事件に疑問を覚えました。菊妃が自害した事件です。彼は光琳学士院が導き出した公式の見解に強い違和感を覚え、独自に調査しようとした。そして、そのことを李空様に気付かれた」

天佑は何も言わなかった。玲燕はそれをいいことに、話を続ける。

「菊妃様は自害ではありません。殺されたのです。――それも、とても親しい相手に」

「それは誰だ？」

天佑が問う。

「私の予想では、李空様です。当時、菊妃様はなんらかのきっかけで菊花殿と後宮の外をつなぐ秘密の経路があることを偶然知った。そして実際に後宮の外に出てしまい、光琳学士院に勤めていた李空様と知り合い男女の仲になった」

玲燕は話しながら、手をぎゅっと握り目を伏せる。

「ただの女官だと思っていた恋人が菊妃だと知ったとき、李空様はたいそう驚かれたはずです。そして、すぐにその関係を清算しようとした。だが、菊妃は納得しなかった。だから、殺すことにしたのです。妃との姦通は重罪です。もしこのことが誰かに知られれば、処刑となることは免れませんから」

菊妃は死に際に、『愛していると言ったのに、どうして――』と呟いたという。最初にそれを聞いたとき、玲燕は彼女が『愛していると言ったのに、どうしてわたくしを夜伽に呼んでくださらないのか』と言おうとしていたのだと思っていた。けれど菊妃は、『愛していると言ったのに、どうしてわたくしを殺すの？』と言いたかったのだ。

そして、菊妃の事件が墨で塗りつぶされていたのは李空の仕業だろう。余計な証拠が記載されていると、自身の破滅が近づくから。

もちろん今の話は玲燕の想像の部分もあるが、これまで集めた情報から判断するに、かなり確度は高いと考えている。

「一方、甘栄祐様は兄である天佑様の死を知ったとき、大きな衝撃を受けた。そして、親しかった潤王に相談し、その死を隠して一人二役をこなして犯人を暴き出して敵を討とうと決意した。そんな栄祐様が、兄の死についてなんらかの鍵を握っていると睨んでいたのが光琳学士院だったのです」

玲燕は伏せていた目線を上げ、天佑を見つめる。

「あなたは兄である甘天佑様の無念を晴らそうと決意していた。だから、鬼火事件に際して潤王から錬金術師を捜してくるように依頼されて私と会ったとき、私を利用できると判断した」

玲燕は天佑に出会った日のことを思い返す。

『果たしたい目的があるならば、使える手段は全て使え。それが賢い者のやり方だ』

これは天佑が玲燕に言った言葉だ。だが同時に、彼は自分自身にそう言っていたのだ。

李空は既に先日の鬼火の事件に絡み、解決できる事件を解決できないと虚偽の証言をした罪に問われている。この事件まで明るみに出れば、処刑は免れないだろう。

「さすがは天嶮学士の娘だ。見事だな」

天佑は観念したように、笑う。

「俺を軽蔑したか？」

「いいえ」

玲燕は首を横に振る。

「結局、私達は似たもの同士なのでしょう」

玲燕が孤独の中で父の無念を晴らそうと誓ったのと同様に、天佑も孤独の中で兄の復讐を誓ったのだ。

「あなたに出会えたことを、心から感謝しておりますよ」

この言葉に、偽りはない。天佑に会わなければ、今頃玲燕は家賃が払えぬまま家を追い出され、とうに死んでいたかもしれない。

玲燕の言葉に、天佑の目元がふっと和らいだような気がした。

「甘様。そろそろ、陛下のところに行かなければならない時間では？」

部屋の外にいた鈴々が、トントンと扉をノックして時間を知らせる。

「ああ、ありがとう。下がっていていいよ」

天佑は扉の向こうに向かって礼を言う。扉の向こうで、人が遠ざかる気配がした。

「鈴々は天佑様が栄祐様だと知っていたのですね」

「鈴々は元々、特別な防護術の訓練を積んだ潤王付きの女官だ。……兄の婚約者だった」

「ああ、それで……」

鈴々はいつも、天佑のことを〝天佑〟とは呼ばず〝甘様〟と呼んでいた。きっと、弟とはいえ他の男を、愛した男の名で呼ぶことは彼女の中で憚られたのだろう。

「さあ、行こうか」

すっくと立ち上がった、天佑改め栄祐がこちらに手を差し出す。

玲燕が手を重ねると、力強く引かれた。

◇◇◇

栄祐に連れられて潤王のところに行くと、彼はちょうど執務の最中だった。玲燕に気付き筆を止めると、柔らかな笑みを浮かべる。

「菊妃よ、今回も見事であった」

「ありがたきお言葉にございます」

玲燕は深々と、頭を下げる。

「褒美に、何が欲しい？」

「褒美？」

「ああ。望むものを言ってみろ」

潤王が玲燕を見つめる。

（望むもの……）

褒美をもらえるとは思っていなかったので、何も考えていなかった。

けれど、玲燕の頭に浮かんだことはたったひとつだけだった。

（何を望んでもいいのかしら？）

答えに迷って視線をさまよわせると、同席にいる栄祐と目が合った。栄祐は、何も言わずに少し頷いてみせた。きっと、望むものを言っていいのだと後押ししてくれているのだろう。

「本当に、なんでもよろしいでしょうか？」

「まずは言ってみろ。それから考える」

「そうですか。それでは――」

玲燕は潤王を見上げると、ゆっくりと言葉を紡いだ。

◆ エピローグ

久しぶりに戻った栄祐の屋敷は、以前と変わらず人気がなかった。

大きな屋敷には、大抵の場合先祖を祭った祖堂がある。

玲燕は梅の枝を一本そこに供えると、手を合わせた。

「ここに天佑様が？」

「ああ、そうだな。両親と共に眠っている」

じっと祭壇を見つめていた栄祐は、「茶でも飲もう」と玲燕を誘う。

中庭に面した縁側に、玲燕は栄祐と並んで腰掛けた。

「それにしても、まさか褒美に女官になることを望むとはな。これでは、英明様にとっての褒美だ。錬金術師として勤務する女官は、光麗国で初だ」

「名前を偽り宦官と官吏を兼務する人間も、世界広しといえど天佑様おひとりでは？」

玲燕はいたずらっ子のような目で、栄祐を見上げる。

「そうかもしれないな」

栄祐は参ったと言いたげに、楽しげに肩を揺らした。

玲燕は潤王から尋ねられた褒美に、光琳学士院に錬金術師として勤めることを望んだ。今はまだ手続き中だが、近い将来に朝廷に仕える錬金術師となる予定だ。

そして、栄祐は今も〝甘天佑〟と〝甘栄祐〟の一人二役をこなしている。今更本来の栄祐には戻れないし、潤王からも一人二役しているほうが何かと勝手がいいと言われたようだ。

「いつか、天嶮学士になりとうございます。なれるかどうかはわかりませんが、目指してみようかと」

玲燕は、幼い日に見た父を思い出す。父の開く私塾に紛れ込んでは門下生と肩を並べ、父のような錬金術師になりたいと夢見た。

それを聞いた栄祐は、口元を優しく綻ばせた。

「それもいいかもしれないな。――今はまだ」

「え？」

ざっと強い風が吹き、玲燕は髪の毛を押さえる。風のせいで栄祐が最後になんと言ったのか、よく聞き取れなかった。

「今、なんと？」

「頑張れよ、と言った」

「はい。ありがとうございます」

玲燕は微笑む。このようなチャンスをくれた栄祐には、心から感謝している。

「その日が来るのを、いつかお見せします。……栄祐様」

栄祐は驚いたように目を見開く。

「……この姿のときに、その名を呼ばれるのは久しぶりだな。楽しみにしている」

「私でよろしければ、ふたりきりのときはそうお呼びしますよ。名は親からの最初の贈り物です」

栄祐はこれから先の人生、宦官姿以外では甘天佑として生きてゆく。誰かひとりくらい、彼の本当の姿のときにその名を呼ぶ者がいてもいい気がした。

栄祐は嬉しそうに破顔すると、玲燕のほうへと手を伸ばす。

「あとで渡そうと思っていたのだが」

何かが髪に付けられたような感覚がした。

玲燕は耳の上の辺りを手で触れる。

「これは、簪ですか？」

「俺からの祝いだ」

「ありがとうございます」

「……意味は知らないのだな」

「なんの意味ですか？」

玲燕はきょとんとして、聞き返す。

「なんでもない。似合っている」

こちらを見つめる栄祐が、優しく微笑む。

その瞬間、なぜか胸が大きく跳ねた気がした。

玲燕は咄嗟に栄祐から目を逸らす。妙にどぎまぎしてしまうのは、男性から簪など贈られたことが一度もないからだろうか。

（綺麗……）

代わりに視界に映った梅の花は、満開だった。

まるで紙吹雪のように、美しく花びらが舞っている。

玲燕は空を見上げる。

父と母も、今日という門出の日を祝福してくれているような気がした。

《了》